贵州作家作品选讲

（综合卷）

周胜芬 / 编著

吉林文史出版社

图书在版编目（CIP）数据

贵州作家作品选讲 / 周胜芬编著. — 长春：吉林文史出版社，2020.4
ISBN 978-7-5472-6854-4

Ⅰ.①贵… Ⅱ.①周… Ⅲ.①中国文学－当代文学－作品综合集 Ⅳ.①I217.1

中国版本图书馆CIP数据核字（2020）第060079号

贵州作家作品选讲
GUIZHOU ZUOJIA ZUOPIN XUANJIANG

编　　著：周胜芬
责任编辑：程　明
封面设计：姜　龙
出版发行：吉林文史出版社有限责任公司
电　　话：0431-81629369
地　　址：长春市福祉大路5788号
邮　　编：130117
网　　址：www.jlws.com.cn
印　　刷：北京虎彩文化传播有限公司
开　　本：170mm×240mm　1/16
印　　张：10　　　　　字　数：180千字
印　　次：2022年6月第1版　2022年6月第1次印刷
书　　号：ISBN 978-7-5472-6854-4
定　　价：45.00元

阅读是精神的旅游

　　阅读是一种精神的旅游。在阅读的旅程中，我们通过蜿蜒曲折的探寻之路，领略各地不同的美景和别样风情。在阅读长篇巨著时，我们能感受到大自然的风云雷电，一年四季的气候交替；我们能感受到名山大川的气势和壮丽。而更多的时候，我们读到的是潺潺的小溪、幽美的峡谷和朴实的村落。有时，我们会拐入历史的巷口，察看那些爬满青苔的粉墙和井台；有时，我们又会加入脚步匆匆的现实人群，在街道或者村庄，感受平凡的一日三餐或喜怒哀乐的不同表情。

　　阅读是一种触摸，是一种聆听。阅读有时是视觉的盛宴，有时则是悠闲的品茗。阅读是一个短暂而又漫长的过程，在这个过程中，我们犹如一棵小树，扎根大地，每天不断吸吮自然的营养，接受阳光无私的沐浴，然后在不知不觉中忽然长大。阅读是一种心灵的交流，阅读优秀的文学作品，更是在与高尚而有智慧的人进行促膝谈话和心灵的碰撞。在这种交流中，我们必须全身心投入其中，真诚、虚心、坦荡。感动时，或喜或悲；感悟时，如漆似胶；有时击节赞叹，有时拍案而起。这就是阅读带来的快乐，阅读给予人类精神的滋养。

　　大千世界，万里江山，总有一方水土会留下我们的感动；滚滚红尘，芸芸众生，总有一抹景致会碰触我们的内心。当很多的人陶醉于经济发展带给我们的诱惑与红利而迷失了初心，正迫不及待地挥霍自己的良知与生命的时候，还有一些有着强烈的社会使命感与责任感的人，以寸草之心为这个国家、这个时代浅吟低唱，用文字倾诉积郁于心的忧思与拷问。"一花一世界，一叶一菩提"，正是这些有着社会良知的作家，透过他们所熟知的社会与人生的故事，唤醒即将泯灭的良知与道义，让浮躁的红尘中那些虚妄的魂灵与纸醉金迷受到谴责与涤荡，让真善美回归，让社会道义重塑。

《普通高中语文课程标准（2017年版）》要求："感受和体验文学作品的语言、形象和情感之美，能欣赏、鉴别和评价不同时代、不同风格的作品，具有正确的价值观、高尚的审美情趣和审美品位。""感受作品中的艺术形象，理解欣赏作品的语言表达，把握作品的内涵，理解作者的创作意图。结合自己的生活经验和阅读写作经历，发挥想象，加深对作品的理解，力求有自己的发现。"《普通高中语文课程方案（2017年版）》规定："完善国家、地方和学校三级课程管理制度，切实加强对普通高中课程实施的领导和管理，注重发挥课程在推动普通高中多样化发展中的作用。"

所以，为让我校学生能在学习语文课本之余，通过阅读领略到更多精彩纷呈的用美丽的文字构筑的美景，以开阔学生的视野、丰富学生的心灵，从而培养高雅的素养，我们特编选了这套《贵州作家作品选讲》（小说卷、综合卷）。在阅读这些优秀的文学作品时，我们希望同学们除了享受阅读的愉快之外，还要运用感性和理性的思维，来进行品鉴和赏析，以期提高自己对文学作品的鉴赏水平，使我们的阅读活动向更高的层次攀升。

在编著过程中，我始终坚持"不厚名家、不薄新人、质量至上"的原则，努力实现"不埋没精品、能满足意愿、符合学生实际"之目标，所选或为贵州籍，或长期工作生活在贵州的外省籍作家之作品。

诚然，要从数千篇作品中遴选出精品，工作量之大可想而知。林则徐曰："海纳百川，有容乃大；壁立千仞，无欲则刚。"作为一名普通高中语文教师，选稿肯定存在主观局限性，故遗珠之憾，难以避免，望能得到应有的尊重和包容、认可和掌声。

本套校本阅读教材在编著过程中广泛借鉴、引用了他人的研究成果，恕不在此一一致谢。

编 者

目 录

目录

李发模诗歌选讲

作家简介

李发模（1949——　），笔名漠漠、魔公，贵州绥阳人，中共党员，毕业于北京大学中文系作家班。历任绥阳县文化馆馆员，原遵义地区文化局创作员、地区文联副主席。现任遵义市文联主席、市政协常委、贵州省文联委员、省作协副主席。中国新诗学会理事，世界华文诗人协会理事等。

1966年开始发表作品，1979年加入中国作家协会，已发表叙事长诗30余首，抒情短诗4 000余首，散文、随笔和文艺评论等1 000余篇，其作品入选各类选集和辞典60余种。已出版诗歌、散文、评论集：《乡风新韵》《呼声》《偷来的正午》《有人醒在我梦中》《魂啸》《第三只眼睛》《花间一壶酒》《揣在你的心中》《如网的掌纹》《李发模诗选》《李发模叙事诗选》《三归》《静坐你就是大师》《永远年轻的缪斯》《人生四季风》《朦胧醉语》《遵义之歌》《散淡之吟》《坦荡人生》《道尽又如何》《我思我在》等共30余部。

其叙事诗《呼声》在1979年第2期《诗刊》发表后经中央人民广播电台播放后在全国引起巨大轰动，曾获1979—1980年全国第一届优秀新诗奖，已载入《中国当代文学史》（上海版），被苏联著名诗人叶甫图伸科誉为"中国新诗的一块里程碑"。

其作品曾获贵州省第一届文学创作一等奖，1982年全国优秀诗歌创作奖，1986年和1988年贵州省文学创作奖等。

他被《诗刊》主编叶延滨等诗友称为"早叫的公鸡"，在中国诗坛有"诗魔"之称。中国国际广播电台以《从泥土走向诗坛的李发模及他的诗》为题向30多个国家进行了专题介绍。部分作品被译成俄、日、英、法、意、朝等多国文字，国内一些大中专院校及教育部编选的中等学校补充教材多次选用其作品。

跨 度

假若人生到此
只是隔岸观望
望一河波涛，割破了胆量
或是倚古柏共老
听涧底风波，守残月斜阳
昏昏跌进如梦的望河兴叹
醉岚雾茫茫

那么，人便不是人了
人！岂能老被割裂阻挡？！

任何一种守旧都是停滞
任何一种停滞都是灭亡
只有进取才是唯一的出路
只有前进才是唯一的希望
是开拓者
就该迈出这桥的跨度
跨过一河长波阔浪

是的，敢于飞跨方为真男儿
跨过浩渺的时空
跨向雄伟的渴望
跨向一种豁然开朗
去把两地的相思串连
哪怕自己的两头
永难团聚
或是以桥墩的臂力

一半深陷深水，一半举起责任
听桥上汽笛一唱，唱出
万岭风光

作品鉴赏

这首诗是催人奋进的汽笛，它激励人们，不要被横在面前的一河波涛（象征困难和险阻）"割破了胆量"，便望河兴叹，消极度日，因为守旧就是停滞，停滞就是灭亡，只有进取才是唯一的出路和希望。作为开拓者，应该迈出桥的跨度，跨过长波阔浪，跨过浩渺的时空和雄伟的渴望，跨向一种豁然开朗，要以桥墩一样的臂力，举起责任，勇往直前，唱出万岭风光，走向辉煌的人生。

这首诗的最大特色是很有气势，这种气势来自三个方面：一是作者创作本诗时的精神状态决定了作品的气势；二是选用的词句蕴藏着气势；三是采用的衬托比喻法给诗歌增添了气势。

一篇作品写出来有没有气势，首先决定于作者的精神状态，作者精气神十足的时候，写出来的作品就充满气势。作者写作这首诗时，正值壮年，艺术上节节攀升，充满朝气，有一股不畏险阻、勇往直前的精气神支配着。这样的精气神渗透到本诗中，就形成了本诗高昂而浩荡的气势。

其次，作者在选词造句时，所选词语和所造句子也很有气势。比如，"长波阔浪""敢于飞跨""桥墩的臂力""汽笛一唱""万岭风光"等词和短语都很有气势。同时，作者为了增强气势，还有意使用了排比句或类似排比句，因为排比句可以达到一种加强语势的效果。"任何一种守旧都是停滞/任何一种停滞都是灭亡""只有进取才是唯一的出路/只有前进才是唯一的希望""跨过浩渺的时空/跨向雄伟的渴望/跨向一种豁然开朗"，这三组句子，前两组虽然只是两对结构和语气相同的句子，还达不到排比需要三个句子并列的要求，但也相似，第三组则完全是排比句，都能起到加强语势的效果，这在很大程度上给诗歌增添了气势。句子的气韵足，一个层次和段落才有气势；整首诗歌由一个个充满气势的音符组成，才会是气势如虹的乐章。

另外，作者在诗中的几个地方都采用了衬托比喻修辞法。先用比喻，进而又用比喻来衬托下文要表达的思想内容，称为衬托比喻。比如，毛泽东

李发模诗歌选讲

的《沁园春·雪》中，"山舞银蛇，原驰蜡象，欲与天公试比高"是比喻，同时又以景映情，以江山之雄阔衬托出英雄之豪迈。这首《跨度》以河、波涛、桥、桥墩、汽笛、万岭风光等为喻体构成了几组比喻句，因这些喻体本身就充满了力量和气势，有这些比喻句在诗中起衬托作用，也能使诗歌充满昂扬的气势。

因这三方面共同给力，便使这首诗气势如虹，尤滚滚长江东流去，有一泻千里之感。

低 垂

成熟的谷穗是低垂的

金黄金黄的　　　低垂

饱满饱满的　　　低垂

低垂的姿势，缺少翩翩风度

却给人不可低估的分量

什么是能力和魄力

飘上空中的云

并非是为了某种表现

同样，离土地最近的珠粒

也并非憨厚可欺

常听到风一样轻薄的评价

谷穗们常发出

哗哗的笑声

作品鉴赏

"低垂"是一种处世境界和崇高品格，即使学问渊深，成就辉煌，也不张扬、不高调，还给人以谦逊的印象，即是低垂。这首诗是在颂扬低垂的美德。

诗的第一节，以成熟的谷穗为喻，描写了它饱满而金黄的低垂姿态，虽然看上去缺少翩翩风度，却显示出不可低估的分量。意即人也应该像成熟的谷穗那样，既要金黄而饱满，又要以低垂的姿态对事对人，才能给人一种既谦逊又有分量的印象。

能力和魄力是人的内在素质，是低垂的本钱，只有具备了能力和魄力，只有"金黄"了、"饱满"了，才能配享"低垂"二字。作者在这里用了两个比喻来探讨低垂的表现形式：一是云飘上高空，但它不是为了表现自己，这是低垂；离土地最近的珠粒是最饱满的，但绝不表现为憨厚可欺，这也是低垂。

诗的最后一节，作者采用了一个本体不出现的双边比喻，以"风一样轻薄的评价"比喻那些不负责任的菲薄，以"谷穗们常发出哗哗的笑声"比喻低垂者面对菲薄一笑了之的轻松态度。双边比喻，使这一节诗歌文字虽少结构却较丰富，因而也更具有张力。

让我们勤奋努力，奋勇攀登，去获取一个低垂的资格证，并低垂着对事对人吧！

身　影

在斜照和灯光下
晾晒自己的身影
尺寸在光之手中
影子歪时
并非是人不正

谁能远离阳光与灯光
生命总是伴随昼夜晨昏
身影被踩在脚下的时候
是红日当空
并非自损

作品鉴赏

读这首诗，其实是在读作者这个人。

"影子歪时/并非是人不正"，这是人与影这种现象真实而客观的存在，出现这种现象的原因是"尺寸在光之手中"。这看似是对一种客观现象的描

李发模诗歌选讲

写，其中却隐藏着作者难言的隐痛。我们从作者的其他许多诗中可以读出，他曾遭受过舌头的绞杀，许多流言的绑绳曾将他五花大绑。好在他坚信"身正不怕影子歪"，终于，"牙床已不愿再嚼你/被一再误传的故事/状告的密封已懒于再/雷你电你风你雨你"（李发模《你的故事》），使他咬着牙挺过来了，挺成了一个如山崖般稳稳立着的人。

诚如作者所言，谁都不能远离阳光与灯光，因为你要生存就得伴随昼夜晨昏。"红日当空"时，身影往往会被踩在脚下，那不是你在自损，而是"红日"的威压造成的。本诗作者就是这样，他生于1949年，"十年动乱"时，正是他风华正茂的时候，谁知所谓家庭成分的缘故，影子常被人踩在脚下踩蹋。但他咬牙坚持着，没有自损，而是自强，终于于1979年发出了令国人振聋发聩的《呼声》。这首叙事长诗在《诗刊》上发表后，被誉为"中国新诗的里程碑"，一下子更使他挺立如崖了。

读了这首《身影》，我们应该懂得，作为一个行走于社会的人，眼睛在别人的脸上，尺寸在别人的眼里，所以总有被看歪的时候。或许当你"红日当空"时，流言蜚语便如影随形而来，把你的影子踩在脚下，但我们要坚信，身正不怕影子歪，一定不能自损，而应当坚持行走于阳光下；当你走到一定的时间、一定的角度了，阳光自会把你的影子扳正。

发 现

当你举起双手，你的双手
是脚，天空是大地
你的双脚便是手，脚下的大地
是天空

这时，在河水的目光里
你的倒影，被一种透明
钓成
另一种攀登

读者初读这首诗时，也许会感到不好理解，那么请把第一段与第二段的位置颠倒之后再读，可能就好理解一些了。原来，作者是在写倒影，难怪会出现这样奇怪的现象："当你举起双手，你的双手/是脚，天空是大地/你的双脚便是手，脚下的大地/是天空。"真是连乾坤也颠倒了。这里作者故意使用倒装法，用意有二：一是倒装法打破读者的阅读习惯能使诗歌更多一点朦胧的美感；二是在本诗中使用倒装法，与"倒影"的诗意吻合，是为妙笔。

要请读者注意的是，本诗的标题为"发现"。或许有人会说，看见了一个倒影，就是了不起的发现吗？那么谁没"发现"过呢？但笔者要说，诗人发现的是倒影里的"另一种攀登"，这就高人一筹了。

"这时，在河水的目光里/你的倒影，被一种透明/钓成/另一种攀登。"人在生活之路上的攀登是个概念，看不见摸不着，当然更无倒影，这里诗人很巧妙地利用河水倒影的情景，把人在生活之路上的攀登迁移过来叠在一起，借写河水倒影的情景来写生活的情景。在河水里的"另一种攀登"是怎样的呢？是双手变成了双脚，双脚变成了双手；是天空变成了大地，大地变成天空。进而一想，便是越往高处攀登，就越是往渊深处坠落。对应到现实生活中，这样的情景其实并不鲜见，你或许看见有些人渐行渐高、越来越风光了，可是他在罪恶的深渊里越陷越深，不能自拔，如胡长清、成克杰之流。你或许看见有些人越来越有钱了，已从普通版一级级升为超级豪华版了，可谁知道他已经债台高筑，濒临破产，甚至坠入罪恶的渊薮了呢？如赖昌星之流。这才是诗人看见倒影时独特的"发现"，难怪诗人要用"钓成"二字，意即难填的欲壑使他们上了钩才被钓成这样的啊！

请你去一处河水清明的峡谷体验一下，假若谷壁的顶上放着别人的金苹果，你在欲望的驱使下去盗取金苹果，越往谷壁上爬，倒影便越往渊深处坠去；当你把别人的金苹果抓在手里的时候，倒影是不是坠到了最深处呢？

回头看你的影子

回头看你的影子，别以为
那是追你的绳子

李发模诗歌选讲

7

当你昂头走路，在身后
总有许多闲言碎语
你越是在意，便越是
套住你自己

不信，你试着走近澄明
将瞻前顾后当鱼饵
围拢来的，就是一群
星月

想想太阳在天上，还用阳光
来脚踏实地
在地面上走路的我们
能担当起太阳，便会有
如影而来的非议

作品鉴赏

每个人的身后都会有非议，都会有闲言碎语，那么我们应该以怎样的态度去对待非议和闲言碎语呢？诗人会告诉我们。

诗人的绝招是四个字：不要在意。诗人说，你的身后总会拖着一个影子，你不要以为那是追你的绳子，自己吓自己。诗人还说，当你昂头走路的时候，身后总会有许多闲言碎语跟着，你要是在意它们，它们就会像绳子一样套住你，你越是在意，它们会把你套得越紧。道理很简单，就是你要在意它们的话，就必须得花时间、精力、智慧去跟它们理论，一是不合算，二是会把自己弄得很烦恼、很伤痛。

诗人还教读者做了一个实验。诗人说，当你试着走近澄明的水边，在那儿瞻前顾后以引诱鱼儿们，就会有一群"星月"围上来七嘴八舌。这是一个比喻性质的实验，意思是你可以试着在意一下那些闲言碎语，这时你会发现，更多的闲言碎语会向你围过来，给你带来越来越多的烦恼，使你不能轻装前进。

诗人说，即使在九霄之上的太阳，它的阳光也要伸到地上，伸到人类社会，也会引起非议，也会招来闲言碎语。那么在地面上行走的我们这些人，如果你能担当起太阳那样的重任，也不能离开地面，脱离人群，当然便会有如影而来的非议。对待它们的最好办法，就是不要在意。

如果我们把这首诗看成诗人的一篇演讲稿的话，那这场演讲确实很精彩。首先，主题明确，就是如何对待非议和闲言碎语；其次，讲法生动而形象——一开头用了个反比喻，叫你不要把影子看成追自己的绳子；再次，用了"套住"两个字把非议和闲言碎语这两个概念拟人化了，然后又讲了一个生动的实验；最后，用太阳来做比喻——这样的讲法，不是直白地说理，而是把道理寓于生动形象的比喻、实验当中，就使听者听起来十分有味了。

读者朋友们，让我们把非议和闲言碎语远远地丢在身后，轻装前进，去努力实现自己的人生理想吧！

她 说

别怕忌恨的眼睛，把它
当钉
挂你的竖琴
别怕谣传饶舌，权当
金翅鸟
闲暇时逗逗
正可解闷

摘下你的面具，裸露你的真诚
如一张宣纸
纵然，你仅剩一支孤独的笔
也要大写"人"

让含露的眼睛和微笑的嘴唇
开你成
一片香馥土地的野花
一朵朵
推岁月演进

李发模诗歌选讲

纵然积重的头颅

会在时空的绳系之中

渐渐

花白为壮丽冬景

作品鉴赏

这首诗，借"她"的一席话，抒发了诗人之志。

"别怕忌恨的眼睛，把它/当钉/挂你的竖琴/别怕谣传饶舌，权当/金翅鸟/闲暇时逗逗/正可解闷。"这句话是"她"说的，却是诗人的处世态度：权把忌恨当钉挂竖琴，权把别人的饶舌当金翅鸟，闲时逗逗以解闷。诗人正是以这样的处世态度，甩开包袱，轻装前进，在艺术之路上高歌猛进的。

"摘下你的面具，裸露你的真诚/如一张宣纸/纵然，你仅剩一支孤独的笔/也要大写'人'。"这句话也是"她"说的，却是诗人一贯的创作态度：摘下面具，毫不遮掩，把真诚、把人性、把内心世界坦露为诗章，让他人赞也好、谤也罢，且不去管它。

"让含露的眼睛和微笑的嘴唇/开你成/一片香馥土地的野花/一朵朵/推岁月演进。""她"说的这句话，是在鼓励诗人，有读者的眼睛含露、嘴唇微笑，便可以开你成"一片香馥土地的野花"；这也是诗人在自励，只要读者认可，便会将岁月一朵朵开成诗花，香馥在人民大众之间。

"纵然积重的头颅/会在时空的绳系之中/渐渐/花白为壮丽冬景。"这里，"她"在给诗人打气，也是诗人在摆出自己的誓言：纵然自己的头颅会因诗歌而积重和劳累，会被时空的绳索紧系，且渐渐花白了头发，也誓不放下手中之笔，一定要为时代和民众而放歌。

另外，本诗为了避免枯燥地直抒胸臆，多以形象的比喻构境。比如，把忌恨的眼睛当钉挂竖琴；把饶舌当金翅鸟逗着解闷；摘下"面具"，裸露真诚如宣纸；"开你成/一片香馥土地的野花"；"花白为壮丽的冬景"等比喻，使这首诗形象而生动，寓诗人之志于美丽的意象之中，堪称妙笔。

"她"是谁？她是主管诗歌的女神缪斯。作者假托缪斯之言以表己志，以形象的比喻代替了直抒胸臆。本诗角度新颖，表现手法独特，值得学习借鉴。

自 己

我把自己拉回自己
使劲地拉

我自己与自己拔河
使劲地拔

我不知哪个自己最终取胜
输赢都是一个意义

我像一根绳索
再次被用力后的自己抛弃

作品鉴赏

　　这首诗揭示了一个哲学命题：人是矛盾的统一体。无论在谁的身上，正与邪、善与恶、勤与懒、智与愚、美与丑、强与弱等矛盾的因素都是同时存在的，只不过有的人矛盾的这一面占主导地位，另一面占次要地位。例如，"正"占主要地位的人，会表现为一身正气；而"邪"占主要地位的人，会表现为浑身邪气。

　　这首诗揭穿了人的心理症结：每个人既然都是矛盾的统一体，那么矛盾的两个方面必然会时时在人的内心深处打拉锯战。同一个人，在正与邪的拉锯战中，有时会表现为正，有时会表现为邪；在善与恶的拉锯战中，有时会表现为善，有时又会表现为恶。当然往往是占主要地位的一面取胜。

　　这首诗还袒露了作者的心路历程，即作者内心拉锯战的状况。"我把自己拉回自己／使劲地拉／我自己与自己拔河／使劲地拔。"可见，作者自己也是矛盾的，他在诗中没有明确地指出主导他的是一对什么样的矛盾，但他内心的剧烈斗争跃然纸上：他是在使劲地拉、使劲地拔。"我不知哪个自己最终取胜／输赢都是一个意义"，从这里可以看出，这种拉与拔在作者的身上一直没有停止过，或许可能势均力敌，有时这方面取胜，有时那方面取胜，总之这种拉锯战无论哪一方输哪一方赢都决定着作者的人生，所以他说"输赢都是一个意义"。这个意义就是无论谁输谁赢都是在一个统一体内，都共同作用于一个人，左右着一个人。

处于矛盾中的人总是在拉与被拉之间劳累着，一波拉过一波又至，而最终的结局未必是满意的，在许多人身上往往会表现为沉重的叹息。所以作者会有这样的感叹："我像一根绳索/再次被用力后的自己抛弃。"

作者以第一人称入诗，明着是写自己的状况，同时也是在揭示一种带有普遍性的人的状况。

我相信，所有的读者朋友也正在"自己与自己拔河"哩。

我们何不学杜鹃

该开，即开
该放，即放
矢志展瓣歌吟
暗哑意味着死亡

该红，即红
该白，即白
是痴是梦都敢于绽瓣一次
何惧最终是凋谢和创伤

既敢开放，自然不怕雀鸟饶舌
灿然在枝头任望任想
浪漫得真挚又何须惶恐
误解往往是对真情的最高奖赏

啊，杜鹃
碧血心惊的那种嫣红
泣血爱侣的传说
在我心上，终年夜啼

这首诗，明写满山开放的红杜鹃——热烈、奔放、明艳，暗写诗人自己的生活态度——坚定、果敢、无畏。在明与暗之间，是用象征手法来沟通的。

有人说，象征是心灵的语言。诗中对红杜鹃的描写，实际上就是诗人自己在发心灵之言，所发心灵之言的主题为"生活态度"。

"该开，即开／该放，即放／矢志展瓣歌吟／喑哑意味着死亡。"这是对杜鹃"性格特征"的描写，要开便开，要放便放，作为鲜花如果不热烈开放，就意味着死亡。这里诗人所表达的心灵之言是：我作为诗人，该写则写，该吟则吟，无须顾忌这顾忌那，我的任务是努力歌唱。因为作为一个诗人，如果喑哑了，就意味着生命的消失。"矢志展瓣歌吟／喑哑意味着死亡"——这里运用了通感的修辞法，用听觉来写视觉，使诗句更加灵动。

"该红，即红／该白，即白／是痴是梦都敢于绽瓣一次／何惧最终是凋谢和创伤。"这也是对杜鹃"性格特征"的描写，无论开放出来是红是白，该红就红，该白就白吧！只有不惧凋谢和创伤绽瓣开放，生命才有价值。这里诗人所表达的心灵之言是：我作为诗人，无论歌唱得怎样，勇敢地歌唱才是本分。只有努力地歌唱了，才是对生命负责，对历史负责。

"既敢开放，自然不怕雀鸟饶舌／灿然在枝头任望任想／浪漫得真挚又何须惶恐／误解往往是对真情的最高奖赏。"这里，杜鹃的形象是：既然敢开放，自然是不怕雀鸟们说三道四的，只知道无畏地灿然在枝头上任鸟雀们评头论足，它们任性地浪漫着，不知道惧怕，对误解也不屑一顾，反而把它当成是对真情的最高奖赏。而诗人的心灵之言是：我既然敢歌唱，也应像杜鹃开放一样，不惧怕别人说短道长，而要勇敢地放歌；我要做个浪漫而无畏的诗人，因为我是真挚的，我无须惧怕什么，就把别人的误解当作对真情的最高奖赏吧！

"啊，杜鹃／碧血心惊的那种嫣红／泣血爱侣的传说／在我心上，终年夜啼。"相传，望帝称王于蜀，禅位给别人之后，入山修道化为杜鹃鸟，夜夜啼唤自己心中那个魂牵梦绕的佳人，嘴里啼出血来，染红了满山的杜鹃花。又传，古代有一位蜀国的国王叫杜宇，很爱老百姓，他死后，灵魂变为一只杜鹃鸟，每年春季飞来提醒老百姓"快快布谷"，嘴巴啼得流出了血，鲜血洒在地上，染红了整片山坡，花儿们吸收了就变成了杜鹃花。这两个传说，

李发模诗歌选讲

一为爱情，一为百姓，都是那么优美，都是对杜鹃鸟与杜鹃花的最高歌赞。这里，诗人的心灵之言是：我也要像杜鹃一样，为爱情而歌唱，为人民而歌唱，哪怕啼血而死也在所不惜。这里，作者利用杜鹃鸟与杜鹃花同名并有渊源之巧，虽悄然换花为鸟，但读来不显痕迹，仍是妙笔。

诗人虽是借写杜鹃抒自己之志，但诗中漫溢出来的激情，对广大读者也有勉励作用。

生 活

树，绿得仿佛只有一个夏季
果，红得仿佛只有一次秋色
阳光，亮得仿佛只有这一天
溪流，匆匆仿佛只有这一日子
而田野，伸开葱绿的手掌
欲抓住所有的生机
仿佛一松手便光阴不再
哦，这便是生活的真谛

作品鉴赏

生活的真谛是什么？这是个很难回答的问题，不过诗人却用一系列形象巧妙地回答了这个问题。

"树，绿得仿佛只有一个夏季"，这里的"仿佛只有"很有意思，因为"仿佛只有"的背面是"仿佛没有"，就是说树在最得意最灿烂的夏季便会忽略它的春、秋、冬三季。"果，红得仿佛只有一次秋色"，也是说果在它最得意最灿烂的时候，也会忽略别的时候。同理，阳光在最亮的一天，也会忽略那些不亮的日子；溪流在最美好的日子，也会忘掉那些不美好的日子。这便是诗人要告诉我们的生活真谛之一：当我们在最得意最灿烂的时候，就尽情地得意和灿烂吧！不必老记着那些伤痛的岁月。

"而田野，伸开葱绿的手掌/欲抓住所有的生机/仿佛一松手便光阴不再。"田野就是这样，当生机来的时候，它的欲望总是那么强烈，总想不失时机地把所有生机都抓在手里，因为它要为秋天奉献出最灿烂的丰满。这便是诗人要告诉我们的生活真谛之二：当生机出现的时候，我们就要满怀信心地抓住它们、拥抱它们，只有这样，才能使我们的未来更灿烂。

诗人通过对许多现象的归纳，总结出了生活的真谛这个本真内涵。我们把诗人的这种写作方法叫作"归本法"，就是用现象归纳而直抵本根的写作方法。

读者朋友们，让我们怀揣生活的真谛，去迎接每一天的美好生活吧！

李发模诗歌选讲

唐亚平诗歌选讲

作家简介

唐亚平，女，汉族，四川通江人，著名诗人。1962年10月出生，1983年毕业于四川大学哲学系。历任贵阳市铁五局党校教师，贵州省电视台国际部、专题部及社教部记者、编导。1983年开始发表作品，1995年加入中国作家协会。

著有诗集《荒蛮月亮》《月亮的表情》《唐亚平诗集》；编导专题片《古稀丹青》《山之魂》《山之灵》《山海长虹》（均已录制播出），发表诗歌、小说、散文、随笔1 000余篇（首）。组诗《田园曲》获1984年贵州省文联优秀作品奖、1994年庄重文文学奖；电视片撰稿《刻刀下的黑与白》（已录制播出）获中国广电部、中央电视台首届星光杯一等奖及西南五省区优秀电视节目特别奖；新闻撰稿《喊山的人》获贵州省好新闻作品一等奖，《人与山水的和声》获第三届星光杯三等奖，《尹光中和他的砂陶雕塑》（均已录制播出）获第二届星光杯二等奖及西南五省区优秀电视节目二等奖、贵州省好新闻作品一等奖。

选讲作品

主 妇

我的腰变粗，嗓门变大
一口碎牙咬破世界
唠叨是家常便饭，有滋味
银镯子会耍手腕
圈子和圈子彼此压扁，彼此无关
系一条不干不净的围裙

16

就该我绕着锅边转

我鼠目寸光，儿女情长

鸡毛蒜皮的事，说不尽做不完

唯有平庸使好日子过得长久

明天的明天全装进坛坛罐罐

就这样活到底

没有我，你们何处安身

家是末日的土地

我在家里出生入死

寸土不让，寸土必争

一堆散架的笔画围拢来

如墓穴里散乱的骨头

我把你们围拢来，围成家园

作品鉴赏

提起唐亚平就不禁想起网络上所谓"百晓生"评点古今诗坛英雄排行榜中关于唐亚平的词条："当年江湖女煞星，也是女权中人物，视男人为蠢物，动辄舞刀论剑，不事女红，后来转写小说小散文，搽脂抹粉，温柔了许多。"不由哑然失笑。唐亚平曾是中国文学史上贵州边区书写的一个灿烂符号，是中国女性诗歌写作的重要人物，著有《荒蛮月亮》《月亮的表情》《唐亚平诗集》《黑色沙漠》等诗集，曾获"庄重文文学奖"。

她参与和见证了贵州文学曾经的辉煌与辉煌的结束。即使到现在，她仍是贵州拿得出手的几个一流诗人之一。若仅以诗论，唐亚平实是历史意义大于艺术本身，更类似于贵州当下诗歌的象征性诗人。20世纪80年代，贵州诗歌选择了她作为一种边缘冲动的代言人，见证一个独特时代里一片独特地域的独特心跳。这种选择是荣誉性的，同时又具有严重的伤害性，使一个诗人的诗性受到光环的挤压。这种挤压不仅来自外部，也来自内部；使她光辉，也使她痛。在80年代，这个"长虎牙的女人"引起了诗坛的注意，她用富于现代意识的笔触，真实地揭示自我、展示自我，将一个女性灵魂对生命、对土地的深刻感悟真实地呈现于诗歌的高峰期。当然这也与她的生活与工作有关，相夫教子，兼顾事业，换了另一种方式来燃烧内心的激情，并取得了巨大的成就——从1984年从事电视工作至今，她编导制作了上百部电视专题片，曾先后4次获得全国电视文艺"星光奖"，获"贵州省电视十佳电视艺术家""贵州省十佳新闻工作者"称号。她这样评价自己的写作："真实地面对自我，是我写诗的基点。在诗歌中，我张扬的是一种生命的欲望和激情。"这种欲望与激情使她的诗在生命痛感之中产生了强大的张力，如《顶礼高原》《黑色沙漠》这两组诗，读者的思绪总不由自主地被文字撕得七零八落，仿佛陷入了不可自拔的陷阱，如"我要始终微笑/用微笑的魅力屠杀黑夜/世界啊！我因为爱你而成为女人"。不过这种欲望与激情经过时间的淘洗，就变得逐渐澄澈起来，像诗集《月亮的表情》里的诗，激烈的东西少了，沉思的东西多了。从身陷沙漠之黑色风暴中的精神飘摇，到远望云霄中那月亮之宁静的独语，语言奔流下面闪动着思性的光泽。这种变化在其近作《欲望的挽歌》中更为明显。

我以为，她的独特在于她是由思而兼顾诗性，不像其他诗人是由诗性而到达思，虽因此带来理性过重的嫌疑，同时又因此而不可效仿。虽然充分地强调个性化，强调不可复制，但语言对她来讲不是第一位的，重要的是体验的独特与深刻。她轻而易举地摆脱了语言和思想的纠扯，却也因此牺牲了语言的自主权，或许这是她的诗歌难以为继的一个原因？

随着80年代中后期贵州诗歌的湮没，她也告别了"自作者"的称号。其中她编导的《刻刀下的黑与白》专题片荣获全国首届电视文艺"星光杯"一等奖，这是贵州首次获得这样的殊荣。

可见，一个人的诗性是不会消失的。对于诗人而言，过去是诗人，现在仍是诗人，将来也仍是诗人。

黑色沙漠

（组诗10首，外3首）

黑 夜（序诗）

我的眼睛不由自主地流出黑夜
流出黑夜使我无家可归

在一片漆黑之中我成为夜游之神
夜雾中的光环蜂拥而至
那丰富而含混的色彩使我心领神会
所有色彩归宿于黑夜相安无事
游夜之神是凄惶的尤物
长着有肉垫的猫脚和蛇的躯体
怀着鬼鬼祟祟的幽默回避着鸡叫
我到底想干什么　我走进庞大的夜
我是想把自己变成有血有肉的影子
我是想似睡醒地在一切影子里玩游
真是个尤物　是个尤物　是个尤物
我似乎披着黑纱扇起夜风
我是这样潇洒　轻松　飘飘荡荡
在夜晚一切都会成为虚幻的影子
甚至皮肤　血肉和骨骼都是黑色
莫名其妙　莫名其妙　莫名其妙
天空和大海的影子也是黑夜

黑色沼泽

夜晚是模糊不清的时刻
这蒙昧的天气最容易引起狗的怀疑
我总是疑神疑鬼　我总是坐立不安
我披散长发飞扬黑夜的征服欲望
我的欲望是无边无际的漆黑
我长久地抚摩那最黑暗的地方
看那黑成为黑色的旋涡
并且以旋涡的力量诱惑太阳和月亮
恐怖由此产生夜一样无处可逃
那一夜我的隐蔽在惊慌中暴露无遗
唯一的勇气诞生于沮丧
最后的胆量诞生于死亡

唐亚平诗歌
选讲

要么就放弃一切要么就占有一切
我非要走进黑色沼泽
我天生的多疑天生的轻信
我在出生之前就使母亲预感痉挛
噩梦在今晚将透过薄冰
把回忆陷落并且淹没
我要淹没的东西已经淹没
只剩下一束古老的阳光没有征服
我的沉默堵塞了黑夜的喉咙

黑色眼泪

是谁家的孩子在广场上玩球
他想激发我的心在大地上弹跳
弹跳着发出空扑扑的响声
谁都像球一样在地球上滚来滚去
我没想到这么多人只创造了一个上帝
每个人都像上帝一样主宰我
是谁懒洋洋地君临又懒洋洋地离去
在破瓷碗的边缘我沉思了一千个瞬间
一千个瞬间成为一夜
黑色寂寞流下黑色眼泪
倾斜的暮色倒向我
我的双手插入夜
好像我的生命危在旦夕
对死亡我严阵以待
我忧虑万分
我想扔掉的东西还没有扔掉

黑色犹豫

黄昏将近
停滞的霞光在破败中留念自己的辉煌

我闭上眼睛迟迟不想睁开

黑色犹豫

在血液里循环

晚风吹来可怕的迷茫

我不知道该往哪里走

我这样忧伤

也许是永恒的乡愁

我想走过那片原野

那是一片衰黄古板的原野

我想徘徊已经精疲力竭

我向着太阳走了一天

我发现他每天也在徘徊

在黑色的犹豫中陷落

黑色金子

我已经枯萎衰竭

我已经百依百顺

我的高傲伤害了那么多卑微的人

我的智慧伤害了那么多全能的人

我的眼睛成为深渊

不幸传染了血液

我的乳汁也变为苦泪

我的磨难也是金子的磨难

你们占有我犹如黑夜占有萤火

我的灵魂将化为烟云

让我的尸体百依百顺

黑色洞穴

洞穴之黑暗笼罩昼夜

蝙蝠成群盘旋于拱壁

翅膀扇动阴森淫秽的魅力

女人在某一辉煌的瞬间

隐入失明的宇宙

是谁伸出手来指引没有天空的出路

那只手瘦骨嶙峋

要把女性的浑圆捏成棱角

覆手为云翻手为雨

把女人拉出来

让她有眼睛有嘴唇

让她有洞空

是谁伸出手来

扩展没有出路的天空

那只手瘦骨嶙峋

要把阳光聚于五指

在女人乳房上烙下烧伤的指纹

在女人的洞穴里烧铸钟乳石

转手为乾扭手为坤

黑色睡裙

我在深不可测的瓶子里灌满洗脚水

下雨的夜晚最有意味

约一个男人来吹牛

他到来之前我什么也没有想

我放下紫色的窗帘开一盏发红的壁灯

黑睡裙在屋里荡了一圈

门已被敲响三次

他进门时带着一把黑伞

撑在屋子中间的地板上

我们开始喝浓茶

高贵的阿谀自来水一样哗哗流淌

甜蜜的谎言星星一样的动人

我渐渐地随意地靠着沙发

以学者般的冷漠讲述老处女的故事
在我们之间上帝开始潜逃
他捂着耳朵掉了一只拖鞋
在夜晚吹牛有种浑然的效果
在讲故事的时候
夜色越浓越好
雨越下越大越好

黑色霜雪

雪岗在山腰上幽幽冥冥
霜雪滋润干冷的夜色
一切将化为乌有
女巫已陷于自己的幻术
有谁能在夜晚逃脱自己
有谁能用霜雪写自己的名字
我有的是冷漠的表情
世界也为之扁平
魔力的施展永远借助于夜的施展
霜雪如漆的脸色封冻寂寞
早晨从水上开始面对水
炊烟如猫舔着瓦的鳞片
胜利逃亡之鱼穿过鲜活的市场
空气血腥　叫卖声撕破黎明

黑色乌龟

慵懒之潭深不可测
一串水疱装饰着某种阴险
乌龟做着古老的梦
做梦的时候缩头缩脑
我怀着乌龟的耐心消磨长夜
黑色温情滋润天地

浮云般的树影欲飞欲仙

令人神往的飘逸

乌龟善于玩弄梦想

瘦弱的月亮弯下疲惫的腰

夜的沉重不能超越

我身怀一窝龟卵

乌鸦把我叫醒

慵懒之眠　在晚霞中流产

我寻思该怎样感谢乌鸦

想起来谁都需要感谢

黑夜（跋诗）

兄弟　　我透明得一无所有

但是你们要相信我非凡的成熟

我的路一夜之间化为绝壁

我决定背对太阳站着

让前途被阴影淹没

你的呼吸迎面而来

回音成为鹅卵石滚进干涸河道

呵兄弟　　我们上哪儿去

我的透明就是一切

你可以信任我辉煌的成熟

望着你　我突然苍老如夜

在黑暗中我选择沉默冶炼自尊冶炼高傲

你不必用善意测知我的深渊

我和绝壁结束了对峙

靠崇高的孤独和冷峻的痛苦结合

哦　　　兄弟

我的高贵和沉重将高于一切

自　白

我有我的家私
我有我的乐趣
有一间书房兼卧室
我每天在书中起居
和每一张白纸悄声细语
我聆听笔的诉泣纸的咆哮
在一个字上呕心沥血
我观看纸的笑容
苍老的笑声一片空寂

一张纸飘进河流
一张纸飘上云空
此时我亮出双掌
十个指头十个景致
唯我独有的符号泄漏天机
十只透明的指甲在门上舞蹈
我生来就不同凡响

我的皮肤是纸的皮肤
被山水书写
我的脸纸一样苍白
我的表情漫不经心
随手抛洒纸屑
一直赤脚踏进草地
挥霍梦中的仙境
纸糊的面具狂笑不已
它已猜出纸上的谜语

我有一间书房兼卧室

25

窗上的月亮是我的家私

我天生一张白纸

期待神来之笔

把我书写

我有我的乐趣

我的天堂在一张纸上

我寻求神的声音铺设阶梯

铺平一张又一张白纸

抹去汉字的皱纹

在语言的荆棘中匍匐前行

死亡表演

现在无事可干

我摊开肢体，蒙头大睡

血的沉沦无边无际

睡成一张白纸一张兽皮

一张秘方膏药睡姿飘逸

薄薄铺在床上

床上铺水铺沙铺两层烟云

风水洋溢，我乐于沉浮

一片玻璃身不由己

狂饮骨雕的风景

卧室的西床睁着盲眼

我端详梦中的睡相

四肢没有形状

血不醒酒，醉成泥

睡成金枝玉叶

一摊静水

一堆芬芳的垃圾

对面的西墙扯起风帆

一片温床顺流而下
一叶扁舟在手上漂泊
枕头已经抛锚
梦见瞎鸟在镜中飞
叫声飘零

被子在深夜发酵
不同的懒散同时膨胀
绣花睡衣一身浮肿
我血肉蓬松，睡意绵绵
床是迷人的舞台
这时我在天上
流行划过眼角
柔软的夕阳静谧辉煌
遥远的梦境灯火通明
我身临其境，任酣睡表演死亡
一条腿表演，一条腿看戏
一边脸死去，一边脸守灵
死是一种欲望一种享受
我摊开躯体，睡姿僵化
合上眼睛像合上一本旧书
发亮的窗口醒成墓碑
各种铭文读音嘈杂

意外的风景

观望的人转过身去
眼前一片意外的风景
一个孤单的面孔
在寻找充饥的食物
沙漠啜饮沙漠
沙漠啜饮饥渴

唐亚平诗歌选讲

我像个医生

看自己病入膏肓

我熟悉金属的药性

冰凉的体温使人惬意

我耸起双肩

从一只手中找另一只手

我已尝过金属的滋味

死是我期待已久的礼物

等我的人站在天边

如一棵树长在绝壁

遥远使我们倍感亲切

我们在说些什么

只见夕阳变幻口形

彼此听不见声音

一错再错的手势

使我误入歧途

我只能将错就错

那场雨是我的哭泣

使你浑身湿透

沁人的雨声

一支古老的乐曲

给你带来慰藉

秋天是我的礼物

死是我的礼物

我是你的礼物

月亮一身清白

白得虚无

仰天而卧的女人

闲置的躯体一片荒地

我一身野兽和家禽的蹄印

像植物自然荣枯

在果实与果实之间

做荒凉的美梦

我就这样躺在这里

摊开双臂

一只手空空如也

一只手胜券在握

血液从容地流

忧伤不再带给我麻烦

乡愁使匆忙的生命悠闲

我是个快活女人

像花鸟一样欢歌笑语

昨天我过生日

被酒灌醉

对灰色的风景兴致勃勃

生日之后是活着

死亡之后是活着

不活白不活

死是我的礼物

死是意外的风景

我在我的手心里

做活的姿态给自己看

做同样的姿态给你看

嚼食沙漠的女人没有年龄

喝风水的女人没有年龄

你来我来翻过身来

你去我去翻过身去

天空这样体贴我

我这样体贴土地

你这样体贴我

体贴意外的风景

作品鉴赏

生命力的充实

——唐亚平诗作印象

梅 蓊

　　我曾呕心沥血地寻找她可能隐藏着的深刻，追踪她或许埋伏了的思绪。我发现这个由于渴慕大山和高原而追到贵州来的川妹子，虽然也在都市的尘埃中穿上了桃红色的高跟鞋，顶起一头弯弯曲曲的黑色卷发，还玩过几年大学哲学，但她注定是那个醉心于太阳味和汗味，喜欢嚼酸草、喊号子，只要捧个屁股浑圆的胖小子就和老实巴交、气饱力壮的男人一起心安理得地经营自己小茅棚的农妇。她的单纯在于她糊糊涂涂地模仿复杂，她的稚嫩使她欢天喜地地扮演成熟，她的专一和执着使她编导着一幕又一幕的水性杨花，而她用黑色包裹的透明却纯粹是一种天真的伪装。她这辈子注定会疯天疯地、桃红柳绿，折磨许多男人，然后成为一个好男人的妻子和一个好男人的母亲。她孕育多年的妻性和母性一夜之间使她因为爱他们而成为女人，她心甘情愿地百依百顺。

　　现在我开始懂得一点她的聪明、她的狡猾、她的憨痴和她恍兮惚兮的精明了。她"顶礼高原"是因为高原豪放的旋律里有她天性中笨拙的憨厚，有她对永恒稳重和安详的渴慕。她高叫"我就是荒蛮月亮"，是因为她注定愿被更加荒蛮的太阳收服，太阳会晒去她的野味和汗味，使她甜美，使她温柔，使她安宁，使她芬芳。她曾经是头上插一朵山菊花赤脚奔跑在田野上的疯丫头，以后会成为奶着儿子，在烟熏火燎中煮好晚饭，实心实意等着丈夫归家的农妇。唐亚平与生俱来的灵气和聪颖，使她自己虽不曾是什么，却学什么像什么。拍电视就要拿大奖，练气功就如醉如痴，该恋爱就死去活来，做母亲就为儿子神魂颠倒……她做任何事都真心诚意地投入，而生命的欲求又多又强，时时演变为一副心猿意马的样子。唐亚平是一个快活朴实的女人，她颠沛流离的灵魂注定使她对世界采取挑逗的姿态。我知道，有一天晚上她过够母亲的瘾后或许又要去摆弄她的摄像机，或者满山遍野地去寻找诗的感觉，半夜三更爬出被窝编写解说词，要么满世界捕获下一个情人，不然，她会凄凄惶惶一颗心无着无落的。所以我看她《意外的风景》一点不觉意外，倒是《黑色沙漠》是一种真正意外的表情。唐亚平的日子里并没有什么深奥高雅的黑色，连浅黑色都没有，她的"黑色"是因为生命的五颜六色用得太多太浓，颜色调砸了的缘故。我并不佩服这一组"黑色"组诗——据说是使她成名的代表作，它们只能哄哄那些自认为历尽沧桑的小女孩，使她们在莫名其妙、似懂非懂之中获得一种自以为是的哲学上的理解和满足。我也不喜欢《顶礼高原》里那种夸张的呐喊，高原大山中虽然也有呼啸的山风和咆哮的山洪，但更多的是大山单调的沉默、孤独的静寂。唐亚平在闹腾的磅礴中塑造的其实不是真实的大山和高原，而是她心目中的另一种形象，是她对于一种感情的体验、一种情绪的确认。高原大山只是她虚幻的梦境，而那份体验那种确认她不敢说出它们的名字，她"一生全是名字的墓园"。

我喜欢的还是《田原曲》一类的合奏，那些"黄昏从炊烟里飘来"的时候，田野上有许许多多朴实的故事，茅屋里有许许多多诚实的情节，儿子骑在牛背上，丈夫在田埂上抽着旱烟，"幸福在土地上"，主妇有滋有味地唠叨着，灶台上有煮好的新米饭，农舍安宁，点着青油灯，乡村的夜静悄悄的。山野是唐亚平永恒的梦，山野淳朴，山野简明，山野条理分明、是非清楚，天下父母心都孕育在山野。唐亚平在山野里找到了真正的诗心、真正的平常心，她崇拜"孩子的尿片和诗篇绘画是平起平坐的"，她的儿子现在与她和手拿画笔的丈夫平起平坐，有一天爬到她头上来拉屎，她会舒服得热泪盈眶，欣喜儿子有了踩着自己往上爬的上进心和竞争意识，她觉得作为女人自己是大写的，作为母亲感觉有种顶天立地的豪迈。她"在家里出生入死，寸土不让，寸土必争"。家是她的出发点和归宿，她在这里消解她的爱意诗心，消解宇宙。

我欣赏她的《荒蛮月亮》和《月亮的表情》，喜欢她摆脱了高深复杂转弯抹角的语言，赤裸着母性的温柔，与人类获得动物般单纯轻松的交流，走向真正简朴的诗境。她的第三轮月亮正在升起。

高原女人云一样丰彩浪漫

但女人不像白云那么纯洁

女人的纯洁是殷红的

女人的纯洁是有许多创伤和疤痕的

——《高原上的女人不像白云那么纯洁》

真难以置信，这些诗篇是出自一个二十三岁的女性之手。我不是对诗的"技巧"而言，而是指像她这个年龄，好些学诗的人（包括我自己），正沉溺于多愁善感的怀抱，或者醉心于田园牧歌似的咏叹，而她已经在用粗犷的调子，甚至带着几分男性的"狂野"与大自然对话了。

许多人听了你的话可都没有来：

我是听了你的话才来的（《许多人听了你的话》）

从这两句诗看，唐亚平到贵州高原，可以说有些轻率。但当她一踏上这片神奇的土地，立即意识到了自己的幸运，尤其是诗。她将昔日那种舒婷似的温馨与苦涩丢了个一干二净（我读过她大学时代的习作，简直比舒婷还要舒婷），她变调了，而这种变调是自然的。对于一个大巴山出生的女儿，在大学里被"现代意识"熏染了好几年，满脑袋的躁动与不安，突然在一片"野性"与"蛮荒"的土地上，重新找到了发泄口，几乎是过于急促地狂呼起来，一口气写下了百十首高原诗。你不得不惊叹她的激情，也不得不承认与同类题材相比，它处于另一个层次、另一种高度，但又为其中好些篇章感到困惑。

它既不清新又不空灵，而且缺乏诗"美"，昔日山水诗中那种清淡无为的情趣不见了，一些互不相关的意象令人眼花缭乱，老长老长的句子让人喘不过气。某些潜意识的暗示叫人提心吊胆……但感到一种强大的力量扇动着你，冲击着你。这力量仿佛来自诗人自身，又仿佛来自她所表现的对象。像一只强有力的手，抓住你的头发，摇晃你的脑袋，使你振奋……

诗并不一定要表现美，对于现代读者，好诗给予人的绝不仅仅是审美的享受，而要求给予更多的东西、更深的含义。它不能满足于把装饰生活作为它的根本，它是力图改变生活的——

由我主宰夏天：

绝不能让你的炎热逃避我（《太阳支配夏天》）

如果只限于供人欣赏与娱乐而缺少内在的精神力量，诗就会越来越苍白。风格自然是多种多样的，但格调不能没有高低。

假如诗的构思仅仅是指像构筑宫殿那样惨淡经营的话，唐亚平的诗就未免疏失了。诗人那急促不安的情绪，使她在动笔之前不大可能对诗的构思做过多的琢磨，也无暇去遵循诸如张力"意志叠加""远距离比喻"等的法则去安排诗句。当然，诗成后可以在其中找到种种表现，但绝非诗人有意为之，相反倒是情之所至，诗句接踵而来，甚至不加标点，忽而冒出一些随意性的句子，使人模糊而又受到强烈的感染。

事实上，它的构思往往体现在它的总体象征上，如《太阳·山峰》《孩子们翻过野马川》《那尊鹅卵石是野马形象》等诗，作者试图以原始的形式来看待传说，把它看作一种观念，就本质而言，是对高原人坚韧不拔、积极向上精神的抽象表现。

仅这一点看，唐亚平的诗是富于理性的，而这种理性又常常淹没在那些大肆放纵的诗绪之中，这反倒给她那流动起伏的诗带来了质感。现在有些诗作浮动有余而分量不足，并不是作者没有意识，而是在对待流动感与质感的关系上，总是表现得顾此失彼。从唐亚平的诗中，或许能够得到某些启示。

唐亚平的诗反映了转折时期过度敏感、坐立不安、急于向前的精神状态，它没有一丝眼泪汪汪的伤感与故作风雅的文人气息。并不是像某些人断言的那样，她的诗写起来轻松而随便；恰恰相反，她可能写得十分痛苦、十分耗费精力，但不是费力在苦心经营一个浓郁的意境、一种让人咀嚼的回味。她的诗句拖得那么长，这使得在各方面都扩张了。为了填补这个巨大的空间，除了依靠意象的堆砌与语调的反复，还要在其中注入更为重要的东西——与其说是情感，不如说是诗人自身的生命力。对于她，这似乎过于沉重了，不过，她没有畏缩，在"高原父亲"那强大的精神力量中，她的生命力将不断得到充实。

唐亚平诗歌
选讲

西楚诗歌选讲

　　西楚，本名田峰，苗族人，1976年出生于贵州松桃，"贵州诗坛三剑客"之一。诗歌有《山花》《星星》《诗选刊》《中国诗人》等，入选多种诗歌选本，出版诗集《过程：看见》（三人合集），合编《高处的暗语——贵州诗歌》。现居贵阳，贵州新媒中心总编辑，贵州民族大学文学院客座教授。

选讲作品 ✎

人间书

（组诗）

虹中书

——给安丽

我从胸中寄出一场暴雨

被山水拦截，山有山的态度

水有水的立场，唯独我不曾言语

固执地失察世态和人心

深信心中所念，即是理想

可以长久地挂在空中

让人仰望，借宿，自由地

来往于天堂和人间

我深信色彩有其情怀

淡浓，轻重，无非公平二字

给过去以晦暗，还未来以鲜明

中间的渐变，每一寸都藏着

逻辑的陷阱，虚脱的眼泪

天空在宽容中逐日老去

相对于向永恒索取

我们宁愿，为短暂付出

任由阳光收回热情，虹影瞬间消散

白天转眼还给夜晚

我们的怀抱，空寂如大地

风中书
——给同

我非良木，只是躲在树林后面唱诗的看林人

借英雄的气节，追赶风声

我曾经拥有的四个亲人

太阳，命我仰望

石头，给我坚定的沉默

草地，让我得以安眠

泉眼，反复地令我面对自己

他们爱我，爱到绝望时

从我荒芜的身体里读出你

有时远，有时近

在我不安分的骨头深处

迂回，奔突，呼啸多年

如今，我坐在年迈的山头

一次次与落日告别

转身面对人间，满怀空空

只剩下拥抱

我立于原野，等着你

席卷群山远去，偶尔回头

看我纷扬的白发

像一场久违的大雪

西楚诗歌选讲

雨中书

——给果

我在你的版图里，多种了一条
彩色的山脉，天就变了
世间太轻，而你太重
重于欢乐，重于骨肉之亲
重于我三两三钱的命数
我们这对卖艺的父子，从此
流落人间，必须
在江湖里急急赶路
从东西到南北，从雨里到雨里
还必须拼命表演，每一次
我说："来呀，伙计！"
你吃力地举起铁锤
我都听到胸口的大石
一声接一声地，喊出疼来
往往淹没于，铜钱落地
和嘈杂的喝彩声中
江湖夜夜雨，十年灯灯黑
这永不停歇的雨水，每一滴
落到纸上，都是伤悲
对你和世界，我爱得微不足道
并被时间一再削减
我的愧疚，终将输给光阴

雪中书

——给父母

雪在下，每一朵都让世界
加重一分，我卷入其中
微小而易被忽略

我带来的寒冷

超过了冬天的积蓄

像一阵刮骨的过山风

卷走你们仅存的体温

以此证明我的出处

在人间

做一次长久的旅行

雪继续下，心继续白

你们留守山中，像两个树桩

安于自己的枯老

任疾病、苦难深入命里

你们不动声色

雪，依然在下

归来时，我如尘埃

躲藏在砍柴人空空的手里

和漫天雪花的哀鸣中

日中书
——给自己

我是一支沉默的船队

载着烈焰，往天空深处开

在追逐和放逐中

此生被一次次彩排

不断修改的前言里

曾经年少，故作轻狂

笑傲群峰之上

大多时候，沉浮于江河之间

收声于旷野

我遭遇的冷暖

在风暴中相互抵消

对于这永不回头的航程

37

西楚诗歌选讲

我别无所求
相信时光自有度量
终会在后记中
归还我的白骨和灰烬

月中书
——给旧梦

这些年，我失身于悲欢
因而，无所谓圆缺
月光的流逝，比江水更急
更难以挽留
我想加入那群
一生在大地上打捞月光的人
她流到哪里，我就漂泊到哪里
把跟踪术在手中耗尽
山野的月色，太过清凉
市井的，满身烟火气
我拾起而又放弃
从昨天到今天，依然一无所获
我把自己一再清洗
洗成一面镜子
抛向空中
一面明亮，照出时光的影子
一面阴暗，暴露我被逐日掏空的心

云中书
——给时代

每一朵云，都是我的亲人
他们奔走天上
抛下故乡，也抛下我
每一朵云，都有一个故事

用孤独和勇气

与我交换泪水

每一朵云，都是一道

天空颁发的命令

时而把我压低

时而让我把头高高抬起

这些，白的，黑的

快乐的云，伤悲的云

活着的云，死去的云

有时在东，有时在西

人间的每一天

都被我用去，等待它们的消息

山中帖

（组诗）

一 月

我从雪中醒来，庭院开阔

竹子直立，我的脊椎有隐秘的痛处

近处的田野和远处的山头

一只老虎留下足印，仿佛刚刚

过完春节的人

把平淡的一生从头再来

二 月

我来到水边，冰层变薄

每一条鱼都屏住呼吸，成为我的倒影

我来到空中，一滴雨水

顺着我的意思落下

土地就活了过来，杏花早早

挂上枝头，每一个花苞

西楚诗歌选讲

是一只紧握的，粉色的小拳头
随时准备，给我致命的一击

三 月

那年桃树下喝酒的人
抄小路赶往暮年，像一只酒坛
心中藏着寒冷，看上去
却是空的，当我把它倒出来
倒出白天，黑夜
漫山遍野传来坚决的回声
不！

四 月

夏夜如盗贼，悄然而至
次日槐树上晒出洗白的裙摆
暗香弥漫十里
我无心劳作，把自己藏于山中
亲人在地下安睡
我用阴雨清点墓碑
最后，消失在他们中间

五 月

麦子安静，这群俘虏
在等待镰刀，一阵山风吹过
它们把头埋得更沉
我潜伏其间
有时是一株麦子
和别的麦子一样，盲目地欢喜
有时是一株杂草
为自己的不一样，而深深自卑

六 月

云朵在天空赶路，慢的时候

慢过年迈的祖母，快的时候

快过我的心率

河流也有快慢，渡河的人

一去不回，只有我留在阴晴之间

擎一顶荷叶

向上收集泪水

向下读自己的影子

寂然而陌生

七 月

必须从一月中抽出一日

必须把这一日交给夜晚

必须把这夜晚交给星辰

必须把星辰中的一盏

交给这群月下乞求的女子

让她们

在天和地之间，照亮彼此

八 月

瀑布是一位诗人

此时，吟咏完自己的一生

收起内心的绝响

碎步走下来

溪涧变白，有时是一页宣纸

有时是一位寡妇

皆不能将他挽留

数里外，遍野金黄

村寨敞亮，我躺在谷堆上

专心为他作告别的肖像

九 月

一片落叶足以叫醒清晨

一米之下足够让人吹奏，送出

沉沉秋声

我吐气为霜，无端地

加重了一身的暮气

上山的时候，坟地清冷

荒草欲盖弥彰

一只松鼠递来耳语

猛然抬头，前方站满愤怒的野菊

十 月

身体长成一座密林

我在其中豢养百兽

有的凶相毕露

有的狡黠、伪善，擅于阴谋

大部分温顺、软弱

整个小阳春，我坐在镀金的山头

看它们，各安天命

而大雁、云朵、星辰

从头顶过路，从不停歇

十一月

细雨绵绵，如无尽期

暴露我与时光的宿仇

极目之处，草木满身杀气

天地之大，却无一物

可御人心的枯朽

河流含恨而去

我满怀空虚，返回深谷
重新修习吐纳之术

十二月

雪夜适合围炉，共话少时雄心
酒温了又冷，无一客至
起身，踱步，仿若世间只剩下我
给余生写一封长信
纸上听雪，听到心死
大地用无言，复述我盲目的伤悲

作品鉴赏

从歌者到巫者
——论贵州诗人西楚作品的民族文化特质

赵文超

贵州是一个多民族的省份，苗族是贵州人口最多的少数民族，贵州苗族人口占到了全国苗族数量的一半，深厚悠远的民族历史和丰富多彩的民族文化养育着一代代苗族作家诗人，成为他们创作的源泉和担当。21世纪以来，贵州涌现并活跃着众多的苗族诗人，其中较具代表性的有西楚、末未、惠子、木郎、吴治由等。而西楚，是其中作品风格最为独特、民族性特征最为显著的一个，与另两位诗人赵卫峰、黑黑并称为"贵州诗坛三剑客"，是中国70后诗人阵列中重要的一员。

纵观西楚的诗歌创作，大多作品都充满强烈的民族意识，有对地域风物和民族的叙写，也有对传统和现代都市的对立式反思，对苗族文化的追寻、对民族精神的彰显，将民族性、现代性较好地兼容统一融入诗歌写作中，让自己远远区别于同时代的苗族诗人和其他民族诗人，以独特的抒情气质和民族文化传承的担当，在当代诗歌中独树一帜。

一、苗族语境，被施了魔法的语言

西楚用汉语写作，而他的母语是苗语，并且至今依然在继续使用。西楚的出生地在贵州松桃苗乡，从小在苗族文化的氛围中成长，上学后才接受汉语教育，大学毕业后留在省城工作。尽管离开了他生长的地方，离开了苗语语境，但回到家乡他与家人谈话交流，或和家里亲人通电话的时候，一直用苗语进行。在一次访谈中，谈到这一现象，他曾说："我的成长期是在苗语语境中完成的，虽然现在已离开了出生地，但与亲人交谈、通话时，尽管我们都能说汉语，苗语一直是唯一的通用语言。这是一种习惯，也是潜意识里对一种语言的尊重。"而在写作中，母语对于他而言，已不仅仅是一种尊重，在这种苗语与汉语不断交错的特殊的语境下，他似乎掌握了语言的魔法。

在西楚早期的诗作中，就已有这样让人忌妒的诗句："安拉是一个人的安拉，红嘴唇的孩子/怀抱十二月梦游天下/怀中藏着火，藏着词语却不说出/可爱的安拉，把夜晚错当夜晚/把摇晃的红树林当作酒醉的故乡/……/泪水的鞭子抽在身上/而村庄喊出痛来，张嘴吐出黑黑的乌鸦"（西楚《安拉》）、"大风斜斜地吹，一个人走在他的嘴唇边上/直到消失也没有说出一句话"（西楚《向上，或第一个词》）、"摇晃的路途中走回溃散的队伍/我是其间最后的一个，被一支歌反复地击倒"（西楚《挽歌》）。

这样动人的句子，是母语赋予他的先天红利和后天对现代诗歌语言艺术精心研习的结果。一是苗语的语法、句式、语感都与汉语大相径庭，这种语言场域的交换带来意外的惊喜。二是正如我们知道的，由于没有文字，苗族长期以来都是通过口传的诗、歌来记事和表情达意，这必然要求语言在准确描述的基础上有动人的表达，才能让所述之事得到更好的传承、传播，西楚在苗语语言思维中继承了这样的基因并经多年的训练成为惯性。三是苗族语言是一种感性的语言，天生就自带情感的属性和色彩，无论是表达欢乐或悲伤，感知上都会先人一步达到。尽管这种语言思维在汉语写作中被"翻译"了一道，但由于作者掌握了较为纯熟的汉语写作技法，因此，这种转场只像将同一张CD放进两台差不多的碟机那样，并没有更多过滤它的"音效"。四是丰富的想象力，在延展他诗意空间的同时，也对语言的表达起到了强烈的助推效果。由于长期以来生存的空间较为边缘和封闭，较少受到外来文化影响，少数民族的思维以直觉、感性为主，在文学艺术上，往往表现出惊人的想象力，诸如各种神话传说、古歌。正因如此，"怀抱十二月梦游天下""村庄张嘴吐出乌鸦""走在嘴唇边上""摇晃的路途"，他所创造的这一类看似不可思议的语言组合，来到汉语里，化为诗歌语言，所构建的意象空间是如此新奇又不失诗性的合理。

他的语言风格是如此饱含感情、动感十足。这样的句子在西楚的诗中随处可见，"像一瞬间钝掉的刀锋"（西楚《2007》）、"他让黛帕达在午夜独自骑飞机回家"（西楚《妖精传》）、"……这是不宜再见的道别/吐出一个词便万念俱灰""……一头无名的羊/在若干年后，被草地牵肠挂肚地想"（西楚《牧羊人之月》），这样的诗句，有如珍珠般在他的诗作中闪亮。著名70后诗人、诗歌评论家梦亦非说："这样的句子是学不来的，它需要天生的才华，聪明如爱丽丝（注：梦亦非文中自称）者，好学如爱丽丝者，也学不来这样的句子。"

二、意识觉醒，自觉的民族文化传承

如果说在西楚早期的作品中民族性只是随语言自然流露，那么到了中期，则表现出强烈的民族意识，这种觉醒和不断深入，也恰恰把他的写作推向了高峰期。《妖精传》《给黛帕达的哀歌》《枫木组歌》《桃花七杀》《红灯记》《还乡记》《奇婚记》《幻听或骑虎者日记》《葬礼上的三个唱段》《荡绕果或小叙事曲》，这些他在2000年以后写作并发表的诗歌中，大多都以苗族文化为底色。而在诗歌表现形式上，都是分小节的中型诗和组诗，透露出他的构架欲望和表达野心。

这时候，牙果、布达、巴狄熊、黛帕达、荡绕果、格鲁格桑，这些具有民族符号性的词汇来到了他的诗中。根据西楚的注释，牙果是苗语里对祖母神的称谓，布达是对外祖父的称谓，巴狄熊是巫师、祭师，荡绕果是地名——他的出生地，格鲁格桑是一座城，黛帕达指称汉族姑娘。这些词汇，一定程度上加重了西楚诗歌的异域特征和神秘感。

对此，西楚说，这些苗语词汇，"它们不只是符号或标签。首先，我试图通过这些词语实现过去经验和当下生活、民族精神和现代文明的对接。其次，从语言的层面上来说，最初是因为这些词汇无法直接用汉语意译，或者翻译无法表达其本意，于是直接用音译，由此某种程度上给读者带来陌生和新鲜感，这只是一种意外的结果"。

西楚的《枫木组歌》是笔者最偏爱的一组作品，"那一小段黑暗/拖着长尾巴。像极了/牙果绕过堂屋的轻轻叹息……/所有的清晨都来得如此缓慢/很长一段时间了/只有牙果和我们在一起"（西楚《枫木组歌牙果绕过堂屋》）、"只能给你一座阴暗的谷仓/用来收藏/被时间亵渎的身体只能给你一个月亮/而它太轻/像你给予的爱/整年压在一堆灯草下面"（《枫木组歌·和巴狄熊对话》），语言干净、语气舒缓、语调安静、语境神秘、语意深邃。在此，我们似乎看到，西楚仿佛回到了他的孩提时代，被他的"牙果"轻轻牵着小手回到他苗族的世界里，尽管有"黑暗"，"牙果"会"轻轻叹息"，但她在时光里和"我们"永在。需要"谷仓"，尽管阴暗；需要"爱"，尽管"压在灯草下面"。这看似平静的叙写，实是对回归的渴盼，是对根（祖母神）的寻找，对庇佑（祖母神、巫师）的寻找，这是一种对民族精神、文明失落的深深的忧患意识的显露。

前者是一种冷静中的沉重、忧虑，而接下来在《妖精转》中，那些诗句则如沉痛的呼喊。"格鲁格桑，在地图上它是致命的，它模糊/而内心尖锐，它宽容/而爱情像飞一样飘忽不定/在所有的晚宴中，将沿袭一贯的灰色礼服/餐刀失去自己的光泽/照不亮黛帕达，和她充满传奇的一生"（西楚《妖精传·有关黛帕达的造访》）、"假如让我在雨水充足的陕西路停留半日/我会说：哦，格鲁格桑/这大地的裂痕，这消耗激情的园子"（西楚《妖精传·我之书》）、"而遥远的荡绕果，依然有舞蹈/和一日接一日的颂唱，依然有上古的生灵/坚守着那一点点稀薄的阳光。尽管它被一次次/穿越，一次次被风远远吹送"（西楚《妖精传·死之书》）。在这首诗中，地图、晚宴、礼服、餐刀、陕西路这些现代化、城市化图景，和上古的荡绕果形成了意象及感情上的强烈冲突。激动的抒情表达中，可以想象一个苗族青年知识分子，置身现代都市中面对物化世界、强势的异族文明；与此同时，自身民族的文明却逐日"稀薄"、无力，他只能感叹，只有无奈，和无望的坚守，乃至于言说中对他所在的这座城市，都用"格鲁格桑"指称而不用其汉名"贵阳"。在《还乡记》中，他则这样写道："随手剥开棕树叶，那被层层包裹的柔软心脏/还在起舞——/遗憾的是，黄昏来得太快，我们的城转眼间就没有了影子。"他这样发问："钟表匠人打算回家去，时间/哗哗地流，北半球/属于我的这一半，还属于什么人？"（西楚《北半球》）他对精神故乡的寻找和不断的发问，让人深思：如此时代，灵魂何处安放？

这是一种严重消耗生命乃至灵魂的写作，此后，或是因为透支太多，或是感到困惑，西楚停笔了很长一段时间。直到2016年接近年底时，他带着"伪巫辞"系列诗稿复出，再次点亮了人们的目光。"伪巫辞"的构架是一部"大"诗，包括十二个篇章，每个篇章是一首中型诗或一首组诗，以现代性的诗歌艺术对苗族历史、文化、巫术、精神，以及苗族人的生命、死亡、世界观、信仰等进行了一次重构，表现出他对民族文化传承的自觉担当。

三、母语光辉，在诗歌中的闪耀

西楚闪耀着母语光辉的写作，超越了文字和技巧，他的诗歌作品独特的抒情气质和对民族性的良好把握，实现了从一名歌者对巫者的嬗变，使他获得了较高的评价。在每一个作家、诗人的成长史和写作史中，发展进行到一定的阶段，都会自觉地去寻找、建立自己的创作资源体系，有如属于写作者自己的一座矿床，马尔克斯的马孔多小镇、莫言的高密东北乡、于坚和雷平阳的云南、郑小琼的工厂，都让他们写出了无愧时代的经典作品。

西楚的矿床则是他的苗乡，乃至缩小到那个叫荡绕果的苗寨。通读他的作品，我们可以充分地感受到这种资源体系的建立过程。当他偶然将民族文化引入诗中并获得惊喜，当这种元素的集中达到一定量后，让他猛然发现，自己的创作资源和精神背景正在民族和地域上，于是，民族意识在他的写作中，便从自然的生发变成自觉的发掘。可以这么说，"荡绕果"，它的所指是诗人的出生地，而在它的能指中则已泛化，这个名字已不是一个具体的村寨，这是他选择、忠于的精神之乡。对西楚来说，选择"荡绕果"是一种潜在的还乡路径，是责任驱使和担当；同时，"荡绕果"对他也是一种资源和精神支撑。

写自己的民族、写自己熟悉的那一片地域，是一条寻找和挖掘矿床之路。但当下一些少数民族诗人，容易满足于照相机式地复印民族风情和对乡土的礼赞式歌唱，而缺失了民族、地域与世界、时代的联系，也缺失了生命意识及忧患意识。西楚的诗歌写作，已跨越了这道藩篱，对于少数民族青年诗人的创作来说具有一定意义上的参考价值。

我们相信，作为使用汉语写作的苗族诗人，西楚们的努力，将会让其民族独特的文化得到认可、尊重和传承，不仅对于文学、对于民族都具有积极的意义，而且为充实和丰富中华文学这座大厦作出了应有的贡献，让民族的光辉在时间的长河中持久闪耀。

📑 **参考文献**

[1] 张思源.我只有讲述它才能得到安慰——西楚访谈［J］.山花，2011
　　（20）：97–101.

[2] 梦亦非.爱丽丝梦游70后［M］.上海：上海三联书店，2012.

[3] 赵卫峰，西楚，黑黑.过程：看见［M］.成都：四川人民出版社，
　　2002.

[4] 黑黑.一个旁观者的自言自语［M］.贵阳：贵州大学出版社，2010.

用诗歌寻找"还乡"之路
——西楚
周胜芬

　　我得庆幸自己生于20世纪70年代，生长于边远的苗寨，因为彼时，我的寨子还是古老的、立于群山之中的，河流清澈地顺其自然地流淌，苗语还是我生活区域的通用语言，我的亲人还能歌善舞，相信神灵的存在并对其怀有敬畏。我曾活在彼时，被这一切喂养。

　　而今，每一次回乡，我都在内心里痛哭一场。木楼逐渐消失，水泥砖房东一栋西一栋地冒出来，像一群张牙舞爪的妖怪；村头路尾，白色垃圾在堆积；小河越来越窄，肮脏的河面上满是漂浮物；田地一片片荒芜，野草逐渐替代了庄稼。青壮年几乎都外出打工去了，冷清的寨子里，留守的老人和孩子们用汉语交流；伦理在消失，祖先和神灵似乎已离开了这片土地。

　　这还是我的家园吗？在感慨现代化让我的同胞生活水平提高的同时，又为我们不断失去的东西而感到置身虚空般的恐惧。我们失去了什么？伦理、秩序、文化、神性、灵魂。属于我们的文明正在失落，若干年后当我们的子孙已无法回答我们是谁、我们来自哪里、我们该怎么活这些问题的时候，时间给这个民族留下的，只有白纸一样的悲哀。

　　现代化、民族融合在加速跃进，谁也无法阻挡历史前进的步伐，而觉醒者的痛苦在于，眼睁睁地看着一切发生却无能为力。在远古，诗人是通

灵的巫师，可以用自己的方式和祖先、神灵对话从而获得启示；在现代，作为一名苗族作家、诗人、知识分子，我们对此是否已有所觉察？如果我们已醒来，作为一名痛苦的醒来者，我们迷茫，我们该做些什么？也就是，应该写些什么？我们该走向何方？这应该是我，我们，所应该思考的重大命题。

曾经，我们的先辈用心灵记载苦难，用生命传唱悲壮的史诗；曾经，我们用文字歌唱过我们的淳朴、善良，身边美好的一切；如今，我们歌唱式的写作是否还有效？是否还有意义？

面对城市化、工业化摧枯拉朽式的发展，现代文明对这片土地的侵吞、对人的精神的瓦解，云南诗人雷平阳用诗歌表达了反思，他曾这样界定自己写作的意义——"在纸上留下一片旷野"，尽管无力、无奈，但这已是一种值得尊敬的勇气和行动。我们何尝不需要这样一片有神灵存在的"旷野"？

于是，在我的思考中，出现了几个关键词并贯穿我的写作，它们是：还乡、存在、神性，对应的时间是过去、当下、未来。

我们已无法在现实中重建家园，而写作试图打开一条还乡之路，它指向过去。以"保存记忆、激活记忆"这样一条通道，让灵魂回到自己的故乡。当然，它并不是在建造"乌托邦"，也不完全等同于当下的"非物质文化遗产"保护工作。在民族文化研究领域，不少学者在做这样的努力。苗族学者麻勇斌以"殉道者"般的虔诚投身于苗族巫辞的挖掘、整理、研究，给我们留存了文明的火种。苗族作家完班代摆几十年如一日地行走于松桃苗族村寨，进行田野写作，他的文化散文从当下切入过去，在纸上给我们呈现了苗族人的精神生态。完班代摆获得了全国少数民族文学创作"骏马奖"，某种程度上，也是对这种写作方式的有效性的印证和认可。在我的诗歌创作中，曾经有很长一段时间，沉浸于这样一种还乡的向度中。《枫木组歌》《还乡记》《奇婚记》《葬礼上的三个唱段》等作品，或直接或间接地把思绪引入过去，抵达上古、楚屈时代，或个人生命经验中的某一时段，通过现在与过去的互动，来寻找现代的我们灵魂的归处。

现代化不可阻挡，像大浪潮席卷而来让人无处可逃。我们活于当下，在物质的外壳下，内心活于无形的风暴中。城市中的苗族知识分子，以个

西楚诗歌选讲

体存在于异族文明的包围中。有时我感觉自己有如电影《海上钢琴师》的主人公"1900"，他像一个过去的符号，下船时面对茫茫的城市望而却步，他说："我惧怕的不是眼前所见，而是我看不见的。"我们从苗寨来到城市，我们看见的是这座城市的外在形象，道路、建筑、现代化设施，这仅仅是一种表面的异域化，而肉眼看不见的城市生活方式、信仰的差异、城市所暗藏的现代文明的力量，像大浪一样拍打微弱的我们，甚至将我们吞没掉。我们这种特殊的存在，就像一粒盐落入水缸里慢慢被淹没、融化、消失的过程。在《妖精传》《变形记》《幻听或骑虎者日记》等作品中，表达了这种文明冲突之下的痛苦、迷惘的过程，面对同化所产生的内心的不安甚至恐慌。

如果这粒盐不被融化，需要的条件是什么呢？需要有强大的内心，钻石一样坚硬、恒久的精神内核，就算扔到水里，身体淹没其中，也不能掩盖它与生俱来的光芒。而这"钻石"，就是"神性"。最近，我正在创作的一部长诗《伪巫辞》，涉及苗族的历史、文化、世界观、精神、信仰等方面，试图通过诗歌的方式来重塑"神性"，它指向未来。这得到了苗族诗人龙险峰的认同和支持，在长期的交流中，我们形成了这样的共识：神性的缺失，正是用汉语写作的苗族诗人（乃至所有文体的写作者）所面对的困境。广而言之，其有效性不只对苗族诗人作家而言。科技的发展、生产力的提高、现代文明的进程，让"神性"一点一点地消解，从而也让人没有了敬畏，精神狂躁，内心虚无。人不相信灵魂的存在，这种无信仰的力量让灵魂真的消亡了，人成了现代化的动物、社会工具，和其他动物或人工智能并无区别。重塑神性由此显得如此重要和紧迫，这某种程度上和人民有信仰、民族有希望、国家有力量的提出是异曲同工的。

当然，诗歌毕竟是一门语言艺术。长期使用汉语写作，在我逐渐形成的诗学体系里，为诗歌写作提炼了三个要素，即"技术、诗性、思想"。精神还乡、存在之痛、重塑神性，只是从主题上提出了写作、思考的方向，解决了三要素之一。思想的深度和高度，还须加上诗技的淬炼、诗性的保证，才能决定一首诗歌作品首先是诗，然后是好诗。在视野以近，看到的大多民族诗人作品，大多是有思无诗，或有诗无思，让人扼腕。

对于民族和诗人而言，这是一个"最好的时代、最坏的时代"。或许我也该庆幸自己活于此时，让心灵能在一种文明涨潮和一种文明退潮的大时代里体验、经受两种力量的冲击，从而成为觉醒者，以诗歌的方式，以"还乡"的悲悯，去思考民族和我们的未来。

姚辉诗歌选讲

作家简介

　　姚辉，男，汉族，1965年生于贵州仁怀，中国作家协会会员，贵州省作家协会副主席。

　　作品多次获奖并入选《1987诗选》《1998中国新诗年鉴》《贵州新文学大系》《中国散文诗精选》《中国年度散文诗选》《新中国六十年文学大系·散文诗精选》《2009中国最佳诗歌》《中国当代诗歌导读（1949～2009年）》《21世纪中国诗歌排行榜》等选集。出版诗集《两种男人的梦》（二人集）及《火焰中的时间》《苍茫的诺言》《我与哪个时代靠得更近》（中英对照），小说集《走过无边的雨》等，另编选出版了诗文集多种。部分作品被译成多种外国文字。2008年获"改革开放30年贵州十大影响力诗人"称号。

　　他是贵州仅有的参加过《诗刊》"青春诗会"的少数人之一，这是对其诗歌实力的一种承认。作为贵州诗歌青年一代的领军人物，姚辉一定时期内曾为贵州诗歌苦撑局面。从此意义上讲，姚辉实是贵州当下诗歌进程中关键的过渡性人物。他连接着辉煌的曾经与未来辉煌的可能。姚辉诗歌最大的特征在于他对家园、乡土、生命不断地追问。2012年6月17日，由姚辉主持在《贵州日报》上推出了贵州青年诗人作品小辑。

选讲作品

水

（组诗）

另外的河流

在记忆被刀刃代替的一刹　　鸟儿翔舞
我面对河流　　猛然说出

谁曾经坚持的所有夙愿——
那是不是另外的河流？礁石苍凉
像我年迈多年的先祖
那些礁石　让水滴
一遍遍　重复　通红的诺言……

我想在大河的拐弯处
搁置好我们最初的梦想——
像习惯梦游的人撂下季节锐利的更迭
我　想在你的怀念中
布置出　典籍试图遗弃的千种斑斓

就这样　我们开始学会幸福
学会艰难地接近幸福和它深处的全部潮汐
——就这样——昼夜渐逝
真值得庆幸啊　多少光阴暗了
我始终还能坚守着　以固有的姿态
站在　你和汹涌不息的涛声之间

大　路

大路从花朵间穿过
我们　还能以怎样的方式
注视那些路外的灵魂？

历史被蜿蜒的尘埃淹没
足遍荒芜　泥泞
比种种苦痛更为幽深

还有什么悬浮空中
当黄昏远去　远处的水
捏痛　倏忽的光阴

53

有人抵达家园

守着桑麻　有人

在纸上　描下传世的神灵

二十四种季节搁满双手

唯一的凝望

使怀想宁静

道路穿越花朵

零落的花瓣

容忍着越来越多的人影

无 题

一滴泪水不能淹没所有的光阴

暗夜在战栗的手上展开

当我泪流满面　我不知道

我们热爱过的那些星辰

又将以怎样的方式

于凝望深处　静静升起

一滴泪水能够影响所有光阴么？

幸福是艰难的——

这是刀刃般锋利的幸福

而我义无反顾

如果有一天　我从悲伤的尽头

转过身来　我仍将把这样的艰难

当作最好的奇迹

一滴泪水　已经足够

让我们改变自己

往 事

只有这一次
我从失传多年的谣曲前经过
我的身影遍布伤痕
泥土和孩子　多少种天空
已成为躲闪不及的往事

谁收到了寄自未来的所有苦难?
战栗的黄昏高高升起
谁沉重的手正一一取下
肋骨周围发烫的文字?

当我开始懂得幸福
我就放弃过赞美的理由了
别人的歌声中　世纪吱嘎
我在残破的星光里
布置出花朵与岩石

从这里望过去
生锈的是哪一段时间?
水纹间弯曲的遗忘
是谁渐渐枯干的手势?

只有这一次
我用浑浊的梦境覆盖思想
天空黝黑　某种既定的歌唱
将被再度推迟……

姚辉诗歌选讲

约 定

你可以提前幸福
——让一部分人先幸福起来
然后 让摸着石头过河的人
在那抹波声般宁静的霞光里
重复幸福

甚至可以痛苦！当一切都不可放弃
一切变得难于避免
你可以把我被苦痛压碎的骨殖
当作最初与最后的祝福

你可以用一千次春天铺砌远行的路径
尽可能曲折 尽可能泥泞
让我们能够在这曲折的泥泞里
反复相遇 不懈倾诉
你可以用一千种花香
把所有应该出现的梦想
轻轻盖住

可以记住刻骨铭心的遗忘
可以遗忘牵魂绕梦的记住

但你必须慢慢地衰老 至少
必须比我衰老得慢些 再慢些
然后 我们老了
岁月终于守住了这份艰难的约定
当我消失 我破碎的身影
仍将在你战栗的手上
起起 伏伏

贵州诗人姚辉的个性化写作

——以诗集《在春天之前》为例

叶大翠　颜同林

姚辉是一位著作丰硕的贵州诗人，从1983年发表作品至今，他始终坚守自己诗人的这一身份，这期间著有诗集《两种男人的梦》（二人集）及《火焰中的时间》《苍茫的诺言》《我与哪个时代靠得更近》，以及《在春天之前》等，他是贵州参加过《诗刊》"青春诗会"的少数人之一，他的部分作品还被译成多种外国文字。

姚辉具有一颗敏锐的心，一场雨可以让他思考人生，进而思考时代；一阵风会让他坚持守候，从而渴望幸福；一场雪能让他坚持守候，终将自己比作梅花……姚辉秉持诗人的诗性，不轻易错过生活的细节，用一颗细腻的心去感知世界，体悟人生。姚辉的诗与许多诗人一样，用大自然的一切寄托情感，充分体现诗言志的特点；但他的诗又与众不同，具有鲜明的个性，这种个性化写作不同于郭沫若狂风浪卷般湍急，也不同于席慕蓉涓涓流水般细腻，相反给人一种看似陌生零碎，实则完整统一的审美撞击。

这样的阅读体验主要源于诗人在形式上的匠心独运，用形式主义的方法来分析姚辉的诗歌，能更好地理解他的个性化写作。从形式主义的角度来解读诗歌，即要求研究者必须以语言和技巧等外在形式为研究重点，"形式主义者从语言学的角度提出了文学研究的本质是'文学性'：通过对语言等'材料'和运作方式'陌生化'的技巧而实现的'文学性'……尤其在诗歌中的运作来分析俄国形式主义诗歌语言的'文学性'""从语言及其结构来理解诗歌，成为20世纪现代诗学的主要视点，这些理论包括俄国形式主义与布拉格学派、新批评、符号学等，它们因注重研究诗歌语言及其结构而被通称为'形式主义'。"这就是诗的形式主义，姚辉诗歌在形式上的个性化写作主要体现在三个方面：一是诗人在词汇的选择与使用上带来的陌生化；二是特殊的词句组合产生的碎片化；三是通过"暗线"或"明线"保持全诗的整体性。

姚辉诗歌
选讲

一、词汇的陌生化

"陌生化是什克洛夫斯基自创的一个新词，含有使对象陌生、奇特、不同寻常等含义。"诗歌与小说不一样，它不需要读者了解故事情节，也不需要读者用它来打发时间。诗歌既需要使读者产生共鸣，又需要与读者保持距离，"这正是诗歌艺术审美功能的产生机制，即在自动化和陌生化的辩证法中凸显艺术的审美价值"。姚辉诗歌在追求语言的弹性方面，用力甚勤，陌生化倾向颇为明显。在词汇选用与推敲方面，他诗歌中的"陌生化"主要体现在两个方面，一是词汇的选择，二是词汇的使用与搭配。

1. 词汇的选择

词汇的选择对诗歌风格有着至关重要的作用，词汇往往能反映出一个诗人的特点。比如，徐志摩诗歌的词汇优美，胡适诗歌的词汇通俗易懂……而生于1965年的当代贵州诗人姚辉则偏爱"陌生化"词汇。通读姚辉的诗集《在春天之前》，会发现他的诗歌往往会营造出一种距离感，因为诗中某些词汇是读者不常见的，如"骨殖""剜下""巉石"等。

在《水》这首诗中，出现了"骨殖"一词：
祖先的影子还能被刻在怎样的骨殖之上？

骨殖，即尸骨，尸体腐烂后剩下的骨头。一般焚烧只能将骨松质和肌肉等软组织烧成灰，而骨密质则成为骨殖脱胶原组织，仍是块状的骨殖，说得通俗一点就是尸体火化后的余骨。诗人没有直接用"尸骨"，也没有写"余骨"，而用了专业性很强的"骨殖"一词。诗人避开通俗易懂的词，而选择相对陌生的词，这正是诗人的个性体现，也符合时代的发展，"过去的作家写得太滑溜、太甜美……极有必要创造一种新的'硬朗的'语言，它的目的是看，而不是认知"。"尸骨"如果代替"骨殖"一词，词汇的意思的确是清晰明了，但诗的艺术性会大打折扣。

这首诗里还出现了"剜下"一词，诗人写道：
祖先的影子上剜下呼啸的疼痛。

《说文新附》一书中提到"剜，削也"。这里诗人没有直接用"削下"而是用"剜下"，相对陌生的词汇增加了读者的阅读难度，让诗句从某种程度上呈现出"陌生化"的特点，诗人以这种特立独行的方式达到了艺术的目的，"艺术的目的是使你对事物的感受如同你所见的视像那样，而不是如同你所认识的那样。艺术的手法是事物的陌生化手法，是复杂化形式的手法，它增加了感受的能度和时延，既然艺术中的领悟过程是以自身为目的的，它就理应延长"。由此足见诗人在选词上的独具匠心。

类似这样的词汇在他的诗中出现频率相当高，在《在春天之前》这本诗集里，"骨殖"一词约出现7次，与之类似的"骨头"出现约13次，还有"骨肉""骸骨"等；"剜下"一词也多次出现，还出现了"抠出""剜痛"等词，除此之外，还有"虫豸""一爿""逍遥"……

2. 词汇的使用与搭配

词与词之间的搭配可以说是约定俗成的，什么样的形容词修饰什么样的名词，什么样的形容词修饰什么样的动词，名词、动词、形容词之间如何搭配，这些问题的答案早在无数文学作品中得到很好的诠释。姚辉诗歌中的部分词汇搭配，超越了一般的搭配组合原则，词语之间张力弥漫，给人一种强烈的语言再生性印象。

《春天》的第一段是这样写的：

我被一片鸟影打动　咏唱的风

留下黝黑的多少震颤？

最后一句诗中，"黝黑的"是形容词，"震颤"可做动词和名词，单从词性上来分析，形容词修饰名词或动词，这是没有问题的，但是如果从意义上来分析，就出现问题了，震颤怎么能是黝黑的呢？黝黑多用于形容人的皮肤黑，常与"黝黑"搭配的名词有"皮肤""脸"等。"黝黑的震颤"倒是很新鲜——这正是诗歌式的语言特色，"穆卡洛夫斯基指出：对于诗歌而言，标准语言是一种背景，用以反映因审美原则对作品语言成分的有意扭曲，也就是对标准语言规范的有意违反……正是这种对标准语言准则的违反，这种系统的违反，使诗歌式地使用语言成为可能；没有这种可能性也就没有诗歌可言"。所以姚辉的这句诗不是误用，而是巧用。诗人用"黝黑的"来形容"震颤"，这两个原本毫不相干的词被硬生生地安排在一起，这种违反标准语言的方式，无形之间使"震颤"这个中心词变得陌生，这个"震颤"不再是人们心中熟知的那个"震颤"，而是咏唱的风留下的，它的颜色如黝黑的肌肤，这样"震颤"除了寒冷、畏惧之外，还有黑暗，这样的"震颤"更令人绝望。结合诗歌题目"春天"，这句诗更显得意味深长，将温暖即将到来之前的黑暗与寒冷展现得淋漓尽致。

类似词意搭配不当的还有许多，如在《手》这首诗中，诗人写道：

姚辉诗歌选讲

59

手嘶叫着……

　　当昏暗之夜猝然裂开手势呼啸

　　"手嘶叫着"，手如何嘶叫？后面的"手势呼啸"也是如此，一个手势，怎么能呼啸？但多读几遍诗后会发现在姚辉的诗里，看似不妥的搭配词汇实是一种技巧，它不仅增加了阅读难度，而且能更好地体现诗的中心思想。这首诗的名字叫"手"，手在这里不是简单的左手与右手，它是诗人等待已久的心，在空旷中等待，在等待中嘶叫、倾斜。最后，在别人的手掌中，"我将捂热/一个/最为漫长的雨季"。在这里，手被拟人化了，诗人笔下的"手"充满无限诗意。

　　类似于这种违反普通语言的词语搭配还有很多，如"一捆生锈的道路""手势粘满花朵开放的声音""鲜艳的起伏"等。诗人在词语选择与搭配上显现了他诗歌的陌生化效果，这些诗句读者只有反复咀嚼、反复揣摩，才能体会到诗人潜藏在诗中的主旨。这些看似不妥的词汇搭配，使得姚辉的诗歌在抒情达意的同时更多了几分如石头般坚硬生涩的意味，这是诗人个性化追求艺术的体现，是诗人个性化写作的特点之一。

　　二、句子的碎片化

　　"碎片化"是流行于后现代语境中的一种美学，原意是完整的东西破成诸多零块，同时又被称为"多元化"。"碎片化"体现在许多领域，如信息传播、社会阶层、文学创作等。在文学作品中，"碎片化"与后现代文化有着密不可分的关系，"詹姆逊认为后现代文化的首要特征是零散化、碎片化、缺乏连贯性"。虽然"碎片化"有诸多缺陷，但"碎片化"是随着社会的发展而产生的，它是后现代审美的主要特征之一，表现为颠覆性、差异性、多样性、游戏性、非中心性、零散化和不确定性等等。随着社会的逐步多元化，无论是经济还是文化，都逐渐失去中心意识，越来越多元化、零散化，所以"碎片化"这一美学特征符合社会进程。将"碎片化"引入诗歌创作，不仅丰富了诗歌形式，同时也丰富了读者的阅读体验。

　　姚辉的诗歌中有着十分明显的"碎片化"特征，这与诗人自身的处境有关，姚辉的身份是多重的，他大部分时间是某酒厂的管理人员，过着和别人一样的生活，朝九晚五，两点一线。但他又与别人不一样，他还是一个诗人，在枯燥乏味的生活中他过得又格外精彩，诗歌如同一支五彩笔，丰富了他的生命。姚辉自身的身份和生活就有"碎片化"的特征，这就为他诗歌中出现"碎片化"特征找到了合理的原因，他将心灵上的碎片化体现在了文学作品上。

姚辉作品中的"碎片化"并非是当下充斥在我们的语句中近乎无意义的碎片化，而是巧妙地组合词与词、句与句，消解了诗歌的中心意识。李敬泽在《在春天之前》这一诗集的序言中提到"姚辉的诗不叙事"，这样的结论主要是源于他的句子特点。他的诗歌不奢望所有读者都喜爱，只希望在若干读者中找到心灵相通的那一部分人。

姚辉诗歌中的"碎片化"特征主要体现在碎片化句子上，姚辉的碎片化句子就是被消解了一致性和连贯性的断句，这样的断句有的是靠空格形成，有的是靠标点符号形成，有的是同时使用空格和标点符号。

1. 使用空格形成碎片化句子

用空格将原本紧密相连的句子成分分开，让句子读起来不再连贯，这样的方式最明显的效果就是增强现场感。在《歌唱》一诗中，诗人写道："黄土蜿蜒　藏着　千年的张望。"这两个空格把一个完整的句子切成了三部分，正是这样的改变，使一个短小的句子涵盖了丰富的画面。"黄土蜿蜒"强调了地点，将黄土地弯弯曲曲的模样深刻地展现出来，仿佛你就站在高处，与诗人一起，将自己的期盼与希望藏在那里。这首诗后面还写道："在幸福之巅，呵，家园。"看到这里，诗人仿佛带着读者站在幸福之巅，苦涩地微笑着说："呵，家园。"这种碎片化句子带来强烈的画面感和想象力，从形式上来说具有强烈的后现代色彩和当下的文学风貌。

在用空格制造碎片化诗句这一类中，还可以细分为两类：一类是虽然被空格分开了，但是意思依旧有联系，这样的碎片还不算真正意义的碎片材料，这只是用空格将本是整体的材料分成碎片，如《靠近大海》里的"大海露出了"和"卷动了整座苍凉之海"。这两个句子如果将空格去掉，这个碎片化句子将变成一个意思完整的句子。另一类是真正意义上的碎片化材料，这种句子无论是否有空格它都无法融合在一起，因为从意义和句型结构上来说，它都不具备组合成一个完整句子的可能性。比如，《歌者之夜》里的"交响的春天触及怀念他""歌者之夜月光照亮生涯"，这两个句子如果去掉空格，那就是彻头彻尾的病句。

2. 使用标点符号形成碎片化句子

另一种碎片化句子是通过标点符号来实现的，标点符号本身就具备断句的作用，各种符号具备不同的作用，标点符号的使用也具备严格要求，这对于作家来说，是最起码的基本功。但在姚辉的笔下，标点符号不仅是句子的附属工具，也是表现自己在诗歌上个性化写作的一个重要特征，他可以通过标点符号使一个句子变成一行真正的诗。

在《灿烂》这首诗中，有这样一个句子，"谁在诉说？那一天的阳光"。这个句子在整首诗里十分抢眼，因为这个句子本该是"谁在诉说那一天的阳光"，这是一个完整的句子，有主、谓、宾，当诗人这么分割之后，主谓宾就变了，前面是主谓，后面是个短语。这样一来既强化了第一个句子的主语——谁，又强化了第二个句子里的中心语——阳光。

在《拟墓志铭》里，诗人写道："四季是一次眺望。爱。悲怆……"这个句子用了两个句号，句号通常使用在句子结束的地方，句号前面的句子应具有完整的意义，但这里的两个句号丝毫不具备这样的作用，它就像两个屏风，将一个句子隔开，但是仔细研读便会发现它隔开的成分并不能组成一个正确的句子，这是一个彻底的碎片化句子，内容与形式都呈现出碎片化特征。正是这样的碎片化句子总能让读者进行深思，四季到底是什么？是眺望、是爱，还是悲怆？

3. 兼用空格和标点符号形成碎片化句子

姚辉笔下的碎片化句子除了用空格和标点符号构成，还有兼用空格和标点符号来构成的。例如，《雨夜纪事》的"一次次远去？"，还有《海与夜色》里的"没有。旧事吱嘎雕琢的手势"。这种句子从"碎片化"效果上来看，与前两种没有太大差距；从形式上来说，却是极大的创新与挑战，诗人要冒着被批评为"无意义"的风险，因为单从这个句子来阅读，的确是没有什么意义，尤其是《海与夜色》里的这一句，这一句非常零碎，三个句子之间没有任何联系。这一类碎片化句子挑战了读者的阅读，也挑战了诗歌的形式，强烈彰显着诗人的个性。

以上各种形式的碎片化句子在《在春天之前》这一诗集中俯拾皆是，这样特立独行的写作手法正是姚辉的一大特点，他有意破除传统文学的结构、叙事等方面的限制。读他的诗歌，除了一般的诗歌阅读体验之外，还能进行更多的思考，对一个句子或者一个词语的品读往往会回环往复，正是这样的阅读障碍，使读者可以更进一步地了解诗人的内心，反复咀嚼诗歌意义，碎片化之下的诗歌充满了现场感、丰富性。

三、全诗的整体性

姚辉诗歌中的"陌生化"体现在词汇上,"碎片化"体现在句子上,这些都属于局部陌生化、局部碎片化,它们在一定程度上使得全文都有"陌生化"和"碎片化"的效果。这种后现代文学的特征并不是姚辉诗歌中的全部特点,他是一位诗人,并且是一位真正的有风格的长跑诗人,他最终的目的是通过诗歌传达内心的感受,这些感受或许是关于自己,或许是关于别人,又或许是关于时代……在充满"陌生化"词汇和"碎片化"句子的诗歌中,要让读者理解他的内心,就必须保证全文的整体性。黄鸣奋认为碎片化"必须与整体性审美结合起来才能全面理解,其特点是从成与毁的矛盾中去观察世界,把握上述过程所体现的生命力,从大量随机现象中去把握模式,又通过审视既有模式的局限去把握随机性"。结构主义也认为"语言的组织是有系统的……无意义的存在是不可能的"。

姚辉的诗歌达到了词汇陌生化、句子碎片化和全文整体性的高度统一,他保持全文整体性的方式有三个:一是用贯穿全文的暗线;二是形式方面的明线;三是兼用明线和暗线。

1. 贯穿全文的"暗线"

贯穿全文的暗线,主要是情感,无论诗歌怎么使用陌生化词汇和碎片化句子,诗歌始终有诗人要表达的感情,这些感情多由"我"为主人公来诉说。这些感情涉及面非常广泛,有关于自己内心世界的,有关于时代的,还有关于其他方面的。

《夜之声》这一首诗就是用"我"这一条暗线来保持全文的整体性,诗里有虫豸、骸骨、镍币这几个比较陌生的意象,词汇本身有陌生感。这首诗里有大量的碎片化材料,第一小段写了虫豸在嘶鸣,暗夜里布满霓虹的斑点,沉重的思想在街巷里延续,短短的四句话描写了互不相干的内容,丰富而又凌乱。第三小段写了骸骨在街巷游荡,脂粉代替气节,这两个内容依旧互不相干。这些段落里的句子没有紧密联系,而段与段之间也没有延续性。整首诗如意识流小说一般,令读者思绪跳跃散乱。

然而即便如此,这首诗歌依旧是一个整体,这首诗里始终有一个主体,那便是"我","我"听到了虫豸的嘶鸣;"我"看到了暗夜;"我"走过多种匾额;"我"如骸骨,游荡在不同的街口;"我"目睹小孩的失望……这个凌乱的场面全是由"我"感受而得,为何"我"的眼前和心理是这样一个世界呢？因为"我"此刻的心情很复杂，或许是孤独，或许是落寞，又或许是悲伤。古人云"感时花溅泪，恨别鸟惊心"，在孤独的夜里，人往往容易陷入沉思，对于未来的迷茫让诗人心绪不定，面对这样的"我"和这样的城市，"我"终将打破一切光和声，最后夜晚和"我"都将归于宁静。整首诗以"我"为主线，将若干零碎的材料穿插在一起，全诗因"我"而凝聚在一起。

除了用"我"将零碎的材料穿插起来，姚辉诗歌用"暗线"体现诗歌整体性的方式还有用"中心思想"体现诗歌的整体性，如《融化》这首诗。这首诗的布局很奇特，第一节只有一句，第二节有九句，第三节又只有一句，第四节有三句。这样的布局挑战着读者的视觉神经，打破了寻常诗歌的平均分配，而且第二节的内容十分庞杂，第三节的那句话是"火焰尖啸："这样无头无尾的一句话加上一个冒号就形成一个段落，给人以陌生化的感觉。

零碎的材料、陌生化的形式，那这首诗的整体性体现在哪儿呢？体现在题目——"融化"上，诗人在第二节写了零碎庞杂的材料，这一节最后一句"——投进去"，就像一根绳子，拴住所有的材料，诗人要将以上所有的东西都投进去，投进火焰尖啸的熔炉里，而最后一段，诗人写道：

我正在成为一千遍一万遍

流淌的

铁

由此可得，那些零碎的材料都与"我"息息相关，是"我"的某个部分，诗人将这些看似互不相干的东西投进熔炉，其实就是将"我"投进熔炉，铁是坚硬的，而我却融化了，正在成为一千遍一万遍流淌的铁。生活就是一个大熔炉，苦难让坚强的人也融化了，但即便被融化一千遍、一万遍，诗人依旧坚强如铁。

用"暗线"体现诗歌整体性在姚辉的诗集《在春天之前》里还有许多，如《手》，诗人在诗歌的前几句提到"手"，然后写了互不相干的词汇：昏暗之夜、幸福、火焰、渴望等，但最后一句诗人写道："我将捂热/一个/最为漫长的雨季"，以"手"开始，以"手"结束，这条暗线发挥了它的作用，增强了全诗的整体性。在《蜻蜓之夜》里，以"蜻蜓"为"暗线"，串联起夜里各种零散的意象，最后一段里，由蜻蜓过渡到人类，中心内容在达到统一性的同时也得到了升华。类似的诗还有很多，这些诗或许是以一条主线穿插零碎材料，又或许是用中心思想凝聚零碎材料，通过这些方式，诗歌达到了词汇陌生化、句子碎片化与全诗整体性的高度统一。让诗歌在充满后现代写作技巧的同时，依旧保持诗歌的诗性。

2. 形式方面的"明线"

所谓"明线"是十分明显的形式体现，每个段落里都会出现重复的关键词或句子，时刻提醒读者：这是一首完整的诗。无论词汇怎么陌生化，无论句子怎么碎片化，都不会让读者的思维跳跃得太远。

《东方》这一首诗便是最佳代表，它有明显的碎片化句子——"赤裸。遮蔽。燃烧。沉静。"这四个词语被四个句号分开，从语法上分析它们各自都无法独立成为句子，而且与前后没有紧密联系，整个段落十分跳跃。第四段也有这样的句子，"龙。黄土之子。弯曲的潮汐卷过"，被句号隔开的这三个部分毫无联系。

就是这样一首充满碎片化特征的诗，却明显地保持了整体性，诗里写道：

....

在虫豸的道路上在气候之上醒来

....

所有不断歌唱的人已经醒来

....

天堂般的人醒来……

....

那教会历史舞蹈的人已经醒来……

每段末尾句都用了"醒来"二字，以此保持全文的整体性，第一段写不断唱歌的人已经醒来，第二段写所有不断唱歌的都醒来了，第三段写天堂般的人醒来了，最后一句写那教会历史舞蹈的人已经醒来。结合题目"东方"二字，诗歌的中心思想得以体现：那些在黑暗与沉默中醒来的人，如"东方"的旭日一样冉冉上升，带来希望与力量。

《头颅在疼痛》这一首诗也有一些碎片化句子，"诺言。骨头和它的影子"。这是用标点符号形成的碎片化句子，"在疼痛""我的头颅旧了"这两句是用空格形成的碎片化句子。这首诗保持全诗整体性的方式也是通过"明线"，诗歌每段都有相似的主题词和中心句子：

我的头颅，在谁的肩胛上疼痛？

....
......

世纪的这一部分和另一部分疼痛
....

疼痛。
....

疼痛……
....

在疼痛！

　　"疼痛"是全诗的题眼，是中心词，在每一小节都出现了，每一小节因"疼痛"二字自成一段，它们组合在一起强化了"疼痛"这个主题；头颅随着每个小节而不断衍生，"疼痛"也跟着层层加深。

　　在《在春天之前》里，这类通过看得见的形式来保持诗歌整体性的诗还有很多。例如，《歌唱》这首诗的每一节第一句分别是："一个反复歌唱的人又忆起遥远的故乡/一个反复歌唱的人挂起燃烧的泪水/一个反复歌唱的人渐渐老去/一个反复歌唱的人最终会走向沉默。""歌唱"这一主题在不断重复的句子中得以体现。在《请把我从这弯曲的道路上挪开》这首诗中，也是如此，前三节第一句都有相似之处，"把我从这弯曲的道路上挪开/——请把我从这道路疼痛的记忆里挪开/请把我从这悬挂多年的远方外挪开"。姚辉的诗中，类似的作品有很多，它们能找到相同的中心词或中心句子，从视觉和阅读上到让人感受到这是一首完整的诗，当读者的思绪因陌生化词汇和碎片化句子而发散时，这些规律性重复的词与句能很好地将读者的思绪再集中起来。

　　诗歌经过漫长的发展，已经由最初的抒发情感演变为展现个性化的文体。诗歌形式不能一成不变，创新是维持诗歌生命力的必要途径，陌生化和碎片化是诗歌常用的手法，但不同的诗人用同样的理论写出来的作品截然不同，姚辉诗歌中的陌生化体现在词汇的选择和使用上，碎片化体现在个别句子上，通过断句来体现碎片化。除此之外，姚辉还通过"暗线"和"明线"保持了诗歌的统一性，使读者与作品既有审美距离，又能引起共鸣。他的诗从形式美学来说既丰富了贵州当下诗歌，也丰富了中国当下诗歌。

刘长焕辞赋选讲

作家简介

刘长焕，字粲然，室号篱畔亭。汉族，1971年生于贵州金沙，祖籍江苏徐州。中国九三学社社员，贵州师范学院发展规划处负责人，当代诗人、著名辞赋家、学者，《中国骈文网》《中华辞赋网》收录专辑作家。现供职在贵州师范学院文学院，兼任中华国学院贵州分院院长；贵州省古典文学学会秘书长、常务理事；贵州省历史文献研究会理事；贵州省诗词学会会员；中国艺术研究院文化艺术研究中心特约研究员。

主要经历：

2001年之前在乡下教书、读书、种田。

2001年之后在贵州师范学院从事先秦文学、古汉语、唐宋文学和书法课教学。

2005年在中国社会科学院文学所古代室工作。

2006年到2007年奉命带队在贵州紫云支教。

2010年起任贵州师范学院发展规划处副处长、文学院副教授。

2011年在中国国家画院沈鹏导师工作室学习。

选讲作品

贵阳赋

春秋置牂牁，历史悠久；战国设夜郎，远绍人文。贵阳在贵山之阳，因之以为雅号；筑城本竹海之间，故而又有别称。顺元是元朝之旧址，林城乃当代之嘉名。交通处西南之枢纽，控川滇湘桂之要害；城池属军事之重地，自古为兵家所必争。云南在西，舍此难以东向；巴蜀在北，弃之怎可南来？五千仞梵净，神骏东镶；八千里乌蒙，龙气西矗。苗岭逶迤，乃天生屏障；

乌江断岸，是鲧禹神裁！南明河穿城绕护，澄江似练；长坡岭阳关横卧，天籁长鸣。以幽兰为标识，风雅独播宇内；将禅宗作修养，智慧孕育黔灵。秀丽山川，宜人气候。夏无酷暑，冬无严寒。天然氧吧，得天独厚。试问天下，何处能有？春风起而兰馨馥郁，夏木长而绿染林荫。秋水长天，海棠轻舞；冬雪漫卷，蜡梅落英。鱼与猴儿相戏，人和小鸟同吟。

老城自烽火中走来，新城在建设中飙升。突破乌江，逼迫老蒋，调龙云出云南；包围贵阳，取道金沙，顺利转战陕甘。伟大构想，经典战略。国运维艰，乾坤扭转；红军英勇，破碎平顽。天元定位一气，大局谋划一盘。风云际会，由此可瞻。

高原城市，天地氤氲。大音希声，大象无形。六千举人，七百进士，讲述明清两朝之盛况；三线建设，人文蔚起，话说当世之海晏河清。文昌阁兴黔中之儒雅，甲秀楼藏科考之大名。守仁知行合一，圣人满街而德济天下；赤松开宗明义，衣钵遍地而智启苍生。致良知，龙场悟道；施善举，弘福梵音。天河潭，访诗人行踪，对一张琴、一壶酒、一溪云；南城畔，问丹青何处？想一窗影、一幅画、一奇人。烟岚翠嶂，幽壑流泉。钟灵毓秀，地杰人灵。画中九友，江湖隐士。出自山林，塑以天心。周渔璜诗题西湖，惊动文苑；姚茫父笔走燕京，力铸画魂。圣也！哲也！贤也！诗耶！志耶！禅耶！

而今迈步，从头标举。贵阳之贵，阳刚振起。西电东送，水火既济。思国之安，固其根本。求木之长，浚其源泉。华东华南，飞速发展。贵阳力量，不可小看。北斗居于中央，卫星护在四围。贵阳所辖，群星璀璨。息烽是产煤之区，资源宏富；修文乃王学圣地，誉载人寰。开阳属磷化工基地，泽被于四海；清镇偏得湖光山色，美献予人间。白云铝土，乃中华第一；花溪胜境，是宇内奇观。乌当新添药业，师宗仲景；小河再造辉煌，报效航天。青岩古镇，百代文魁毓秀；金阳新区，科技更创斑斓。

美哉林城！以山为本，以树为魂。山得刚健之美，林有阴柔之秀。山绕林护，养性养生。天人合一，直至本根。茂林中，殿阁隐隐；通幽处，水穷云深。百花山万蕊争艳；金顶山翠竹含烟。照壁温情于翰墨，南岳放眼于长天。黔灵山，集林、湖、洞、寺与摩崖；八仙洞，藏桥、梯、殿、阁和书卷。香纸沟天工开物，因袭汉代之旧制；图云关视通万里，造就当世之新篇。

述不尽万千风物，道不够古今人文。昔者，贵阳八景①，闻名遐迩。狮峰将台，见阅兵盛状；虹桥春涨，赏玉桥浮滩。龙井秋音，圣水流云。灵泉印月，铜鼓遗爱。凤凰曲径通幽，小桥流水；鸦关群山环抱，一径可通。今者，林城物产，四海流馨。有朋自远方来，货物传千里外。小丝娃娃，域中称妙；恋爱豆腐，最是奇缘②。合群路昼夜飘香，喷水池接踵摩肩。

书酒寄意，乐以忘情。天地大美，染于林城。诗意栖居，竹下弹琴。滋润艺术，卓尔不群。宋吟可画牛之法，海内独步。方小石写花之笔，谁敢轻心？刘知白超迈"二石"③，卓然高手；谢孝思点墨含情，蕴古藏真。画家染于贵阳，诗人孕于林城。一方水土，一方人文。悲鸿东来，倾心于斯壤；晓岑西去，开画派于昆明④。

贵阳之"贵"，在于和谐。古今通变，学究天人。苍山如海，大地沸腾。洒脱自然，融会大观。白云区，春放纸鸢，中外瞩目；南明区，秋放菊花，万方登临。人民广场围棋大会，云集十方圣手；大街小巷兰花博览，永远独占鳌头。昔者三无误传⑤，外人不知此中乐；今朝立体交通，寰中尽做林城游。纵横通江达海；空港连接五洲。桥梁博物馆，幕天席地，有谁见其大？高峡出平湖，神工鬼斧，烟波使人愁！喀斯特，姿态诡谲；多民族，文化千岛。人生当效霞客，别求万户封侯！

观念更新，襟扉敞开，同心同德，力争上游。乘西部开发快车，革故鼎新，走自己人文之路；扬和谐建设旗帜，更上层楼，吹独特多彩之风！美哉，大美无言，林城独奏而调谐华夏！壮哉，大方无隅，贵阳开放而视傲环球！

---

① 贵阳八景：铜鼓遗爱、狮峰将台、凤凰传奇、鸦关使节、龙井秋阴、灵泉印月、圣泉流云、虹桥春涨。

② 丝娃娃、恋爱豆腐：贵阳有名的小吃。

③ 刘知白：当代山水画大师。冯其庸先生评价其画艺超迈清代石涛、石溪。

④ 开画派于昆明：抗战中，徐悲鸿来贵阳与书法大家陈恒安切磋技艺，袁晓岑先生随悲鸿大师游，后在云南大学开创中国写意孔雀画派。

⑤ "三无"误传：外人误会，以为贵州天无三日晴，地无三里平，人无三分银。其实，贵州资源丰富，贵阳在中国评选最宜居的城市中排在全国第六位，有"天然大空调"之称。

作品鉴赏

文学的力量在于不朽，文化的力量在于传承。自古至今，贵州学人名扬天下者不乏其人，周渔璜编纂《康熙字典》而被后人传颂，吴中蕃歌吟黔中而海内皆知，沙滩文化中众多前贤，成了一代鸿儒。然而，自明以来的贵州文化史上，以一篇文赋远播故土的却很少见。

2007年8月13日，《光明日报》刊载的一篇《贵阳赋》，引来一片赞誉。光明网、中国文明网、新浪、网易、中国骈文网、中国辞赋家联合会网站、央视国际网站、林城贵阳网、贵州旅游网、中国语文在线等多家网络媒体纷纷转载。记者在新浪网"百城赋的博客"里看到，网友对《贵阳赋》的点评最多、评价最高。网友"南阁的天空"说："非必丝与竹，山水有清音。骚雅神秀，神骨神风神气象；天人好合，好城好势好文章。"网友"履尘"说："述不尽万千风物，道不够古今人文……融入了一些民歌元素，此不泥古之作，轻起，蛰伏，如聆佳音；轻舒，漫展，如晤美画；轻吟，浅唱，如沐春风；轻酌，小品，如饮甘醴。"

自先秦以来，所谓"铺彩擒文，体物写志"是"赋"的定则。《贵阳赋》中的这些骈俪之句，正好是"铺彩擒文"的赋家手段。大凡传世之诗词歌赋，均以厚重的文脉才气做支撑。《贵阳赋》沿着黔中大地建省以来的人文历史，将贵阳自然风貌的独具神采，世事浮华的交相更替和每一个时期的精彩拐点，描绘得淋漓尽致，读来令人荡气回肠，浮想联翩。

这些句子将贵阳林城的特性表现得恰到好处、通透玲珑。

作者将笔伸进历史，触摸贵阳亘古以来的人文血脉和不息生机。将目光聚焦当代，展现贵阳省城波澜壮阔的时代画卷。文字清新流美，音韵铿锵落板，现代意味和古雅气息扑面而来，实为大家风范，令人拍手叫绝。

以这种文采作赋者，大多数的人往往会把他与仙风道骨、经纶满腹的长者联系在一起。然而，《贵阳赋》的作者刘长焕却是《光明日报》"百城赋"发表作品中，年龄最小的一个：此君生于1971年。

作为贵州教育学院中文系的一名老师，刘长焕的治学精神被其弟子称颂，他的讲义以秀丽的毛笔小楷书写，彰显了传统文化学者的艺术元素和气质。他认为生活的积累和写作的实践是古典文学教学的法宝，他更强调博览典籍而独立思考的学术取径。刘长焕的讲座令学生蜂拥而来，一门《唐宋文学》课程，总是讲得生动活泼，趣味盎然。

刘长焕强调与古人对话，可增骨气，研习古文可养德行，游于艺术可富学识。作为一位年轻的学者，他的思维却没有拘囿于校园的围墙之内，时政要闻、社会经济、历史掌故兼收并蓄，加以咀嚼，释放出一个古典文学研究者的时代张力。

作为中华国学院贵州分院的院长、贵州省古典文学学会的秘书长，刘长焕在全力以赴做好文化传播和学术研究团体的各项工作，在学术研究的领域之外，他还是贵州有名的诗人。他的旧体诗词入选《中华当代词海》，名字与于右任、柳亚子、臧克家等20世纪许多诗词名家排在一起。

为学之道，他是知者；应用之道，他是行者。刘长焕以知行合一的学术方法，游走在事功和思想超越的人生境遇里。著名诗词家肖锡义先生给刘长焕书斋"篱畔亭"题写的对联"行宗至圣，笔吐真香"，或许正好体现了这位年轻学者的学术追求和艺术理想。

《百城赋》是《光明日报》开设的特别栏目，意图"打造100个城市的文化名片"。有意思的是，刘长焕在不知道这个信息的情况下写就了《贵阳赋》。那时，他正率领贵州教育学院的支教小分队寓居在安顺紫云，他在自己名叫"一斗乐章"的博客里很早就发表了这篇赋。在众多的投稿中，刘长焕的这篇赋脱颖而出，将贵阳的风貌和神采一展天下。

从《贵阳赋》的创作背景谈开去，没曾想刘长焕却对贵州人文有了诸多的追问。

采访中，记者感受到这位年轻的学者，不但有独立的学术品格，而且对贵州文化界、艺术界、旅游业等都有独到的见解。他在用心读书，潜心研究，主张学以致用。他认为，贵州旅游景点的"文化服务"应当本着"就高不就低的原则"来做，只有"高"才能包容"低"，才具备历史的延续性和对外部世界的吸引力。但青岩的现实状况则恰恰相反，黎平的"两湖会馆"所藏的清代匾额的闲置，暴露了旅游界和文化界的肤浅与迟钝。他总是以文化的角度审视旅游。

面对"秀时代"低迷文化的泛滥，面对商业社会中文化的"恶搞"与伪劣，刘长焕对贵州学术界、文化界发问，如何来承担助推和引领的责任？如何参与建构文化的高端平台？如何把握与弘扬本土固有的诗、志、禅文化的精神？在不断进行本原思考的同时，如何去找寻和彰显那属于贵州自己的真

刘长焕辞赋选讲

正的特色元素？又如何能承载那一份发展和宣传贵州的责任？

他一路走来，一路发问。

他说，如果学者不能唤醒贵州的文化自信，不能推动贵州的文化复兴，是学术道德的沦丧，即是文化责任的缺失。

于是，他在落寞中坚守，将情感和文思化作虔诚和敬畏，献给了他深爱的这方土地。

在文学表现上，写北京这座城的有老舍、王朔，写武汉的有池莉、方方，写上海的有张爱玲、王安忆……城以文著，但写贵阳的呢？其实我们可以挖掘的有很多，如贵阳文化前辈姚华（茫父）先生，就是20世纪30年代中国画坛的风云人物。若用电影或者小说等艺术形式挖掘，更见效果。毕竟，辞赋有所长，也有所短。刘长焕说"辞赋之难，难在需用广博的知识、沉潜的才情去统领、整合这些知识，继而才可能升华为浏亮的文辞之美"。他继而阐释说，"写赋就像开沃尔玛超市，不只是搭起一个框架，衣服、图书、果蔬等各种各样的东西都要有，赋的形式必须是大气和铺排；但赋的灵魂是作者的情怀和理想，也就是超市创始人的理念。我的理想就是，不断用赋告诉人，我的家乡有文化，有美景，有工业农业和现代化的东西，有文化的自信心"。

（《贵州商报》记者　扬子）

贵州赋

我知道，要在一篇不足3000字而且还带上传统色彩的文字里解说贵州是困难的，会不会引起朋友们的阅读兴趣我不管，忍不住就写成了这个样子。我们经常被误读，包括一些根本就没来过此地的学者、作家和商人，还有带着不少鄙夷神情的官员们，都先验地甚至"哲学"地判断，以为贵州是不毛之地，以为我们是原始社会呢！有色眼镜之下的贵州和我们自身文化的传播渠道与方式，都拒绝了对贵州真正解读的最大可能。历史和现实都使得这块土地充满了神秘感。我这种文字组成的篇章，给省外的朋友设置了不少障碍，非得看看解释才能明白。其实我们是需要"解释"的。贵州不能被边缘化，我们已经不是茹毛饮血的时代。希望从这里，能给朋友们另一种途径了解您还不太十分了解的贵州，也许没时间读大部头的《贵州通史》，或者

《贵州文化读本》，那好，就请尊驾暂停于此，读并了解和批评着文字和文字演绎的"贵州缩影"。要回到"汉赋"的当行本色是困难的，于是力不从心地夹杂了诗词曲和散文的成分，而骈文和"四六"等古典体裁的糅混，正如贵州的多彩颜色吧。浪费尊驾时间了，罪过罪过！

寰宇茫茫，古国悠悠。神秘夜郎，远镇南陬。奇山异水，天下寡俦，四方所重，冠名贵州。星分井鬼[①]，地接湘粤[②]。负阴抱阳，四时胜绝。含泽布气，枢纽通衢。岚逸空岫，诡谲迷离。林壑朴茂，秀蕴天机。

黔中山脉，自昆仑绵延而发派[③]，走乌蒙磅礴以龙骧。乘大势崔嵬以东来，蓄王气逶迤而贞祥。娄山青蟒巨门，启巴蜀于赤水；苗岭白虎大帐，控滇桂于盘江。乌江跳脱，玉带环抱；红水曲迭，紧锁贪狼。梵净插云天，彤管耸翠；横断映碧霞，永宝金箱。三万明堂瑰丽，八千峦头跌宕。南北江河，各归渊海[④]；东西崧岑，共蔚紫光。

至若草海旖旎，舞鹤翱翔；红枫缤纷，游鳞惝恍。丹霞彩幻，遗女娲之炼石；红岩天书，传武侯之南征。龙宫乃哪吒闹海之所，天台非刘阮迷失之居。奇峰双乳，嫦娥沐浴以坦饰；杜鹃百里，仙女黼黻而忘收。黄果树横空跌断，银河倾泻；织金洞神工鬼斧，地宫别造。舞阳澄明，陶令有未到之憾；峰林罗列，霞客称天下之奇。雷公山有不涸之井，仙人洞藏玄冥之幽。九龙洞、九洞天，东西遥感；八仙洞、八舟河，南北相闻。十里招堤，十丈飞瀑；荷花映日，雪浪拍天。万泉千湖，遐迩闻名。

瀫陵桥烟雨空蒙，狂飙溅落；陡坡塘霜乳浮石，翡翠盈虚。滴水鸣潭，篁竹蔓野，别胜柳州之记；坠珠碎玉，碧练落天，独迈谪仙之诗。息烽、石阡、乌当、剑河，享凝脂水滑之润；夜郎、万峰、杜鹃、鸳鸯，极湖泊漂筏之趣。马岭花江，惊世骇俗之险绝；金凤丹霞，幽邃难测之奇观。荔波漳江，空山灵雨。森林葱郁水上，嘉卉绿透天心。

---

① 《汉书·地理志》：秦地，于天官东井、舆鬼之分野也。又西南有牂柯、越巂、益州皆宜属焉。

② 《幼学》云："东粤西粤，乃广东广西之域。"此指广西。

③ 《三才图会》：天下山脉祖于昆仑，"成三龙入中国"之势。云、贵、桂、粤、浙、闽诸省乃为南干。

④ 乌江、清水江、赤水等入长江，盘江、都柳江、红水河入珠江。苗岭为其分水。

刘长焕辞赋选讲

于是钟灵毓秀，荟萃人文。汉代三贤[①]，导夫先路；守仁心学，哲启后昆。赤松顿悟，禅林开启[②]。了尘怀德，布发慧根[③]。海通巨手，乐山劈造龙象[④]；子尹通儒，播州序写春秋[⑤]。藻才隽秀，开草昧而兴读书之台[⑥]；联芳并起，惊域外而入竹垞之选[⑦]。淮海易谈，江左流风；圣哲遗训，人物之冠[⑧]。文聪柔翰，天才瑰异，卓荦三绝，誉满江南[⑨]；君采浓情，天末才子，拔帜先登，仙椽巨造[⑩]。梦草池，天河潭，遗才隐秀；[⑪]康熙典，西湖句，

---

① 三贤：指汉代儒学大师尹珍、辞赋家盛览、训诂家舍人。

② 赤松（1643~1706年），俗姓韩，法名道领，号赤松。浙江人，为中国禅宗临济第33代传人，在黔灵山创立了"弘福寺"。

③ 了尘（1851~1914年），俗姓张，法名圆洲，号了尘。贵阳人，承临济正宗。

④ 四川乐山大佛，被列为世界文化遗产。始建于唐代开元元年（713年），开创者为贵州遵义人"海通法师"。

⑤ 被章士钊誉为"西南硕儒"的郑珍，字子尹，号柴翁，其所著《遵义府志》被梁启超誉为"天下第一"。

⑥ 《寓安文集》是贵州最早著录的传世文集，作者王训。为贵州"开草昧之功"的第一人，其在黔灵山后建有"王训读书台"。

⑦ 《联芳类稿》为明代贵州宣慰司同知宋斌的两个儿子宋昂、宋昱兄弟的诗稿合集。清代朱彝尊选编《明诗综》将二人诗作选入并给以很高评价。

⑧ 孙应鳌（1572~1586年），字山甫，号淮海，贵州凯里人。为王阳明再传弟子，著《淮海易谈》，官至工部尚书，曾掌"国子监"，有《学孔精舍诗稿》传世。

⑨ 杨文聪（1597~1645年），字龙友，号山子。画与董其昌、王时敏等齐名，合称"金陵九子"，诗歌被列为"崇祯八大家"，以"诗书画三绝"名噪江南。

⑩ 谢三秀（1550~1624年），字君采，贵阳人。被誉为"拔帜先登"的"天末才子"。著有《雪鸿堂诗集》。朱彝尊《静志居诗话》称为"黔人之轶伦超群者"，且评其诗作"隽永冲融、驰骋中原"。

⑪ 吴中蕃（1618~1695年），贵阳人。其在贵阳城中建有梦草池，花溪天河潭（今为国家级风景区）则为其隐居之所。孔尚任作《官梅堂诗集序》认为"黔中无人"。后来见到吴中蕃《敝帚集》之后，深感抱愧于贵州。以为吴氏之人品、气节、才情、风范虽中原"名硕夙老"未必能过。

气冲广寒①。川楼吟藏甲之句②，升庵撰履黔之文③。《易笺》发轫平坝，经义服膺晓岚④。松山淹雅，默存生敬慕之心⑤；柴翁宏博，蓴孙有仰止之气⑥。九驿开凿，奢香风范⑦；沙滩诗教，霞蔚云蒸。连史笔赞钟瑄，"周公"盛誉⑧；曾文正悼莫五，泪和酒樽⑨。一家泽润八英，科甲挺秀⑩；五代

---

① 周起渭（1664～1714年），字渔璜，号桐野。为康熙朝两大著名诗人之一，官至翰林院侍读。《康熙字典》编纂官。以《西湖》诗震动江南，有"若把西湖比明月，湖心亭是广寒宫"之句。

② 吴国伦（1524～1593年），江西人，字明卿，号川楼子。明代"后七子"之一，其在贵州学政任上，遍游各地，有《藏甲岩稿》。藏甲岩在贵阳城南，传孔明南征时藏兵甲之地。

③ 杨慎（1488～1559年），字用修，号升庵，四川人。明代著名学者和诗人，有《罗甸曲》《关索庙》等记述贵州的诗歌。

④ 陈法（1692～1766年），字世垂，一字圣泉，晚号定斋，贵州平坝人。清代知名学者和治水专家。著有《易笺》《明辨录》《醒心录》《敬和堂文集》《内心斋诗稿》《犹存集》《河干问答》等。还善书画，书法造诣尤高，有画作《玩易图》等。其《易笺》收入《四库全书》。总目提要说"易笺八卷，国朝陈法撰其书，以易为专明人事，其驳来知德错综之说，最为明晰，其论筮亦极有理解"。

⑤ 陈田（1850～1922年），字松山。其居官清要，潜心嗜古，辑成《明诗纪事》200卷，参与辑成《黔诗纪略后编》30卷，《略补》3卷，负责《黔诗纪略后编》各诗家的传证工作。范旭仑《容安馆品藻录》记载钱钟书对陈田"淹雅"十分敬慕。

⑥ 钱仲联（蓴孙）评价清代贵州诗人郑珍有"清诗三百年，王气在夜郎"之句。

⑦ 奢香（1361～1396年），彝名舍兹，开通"龙场九驿"，促进了云南、贵州、四川三省交通。明太祖朱元璋称道："奢香归附，胜得十万雄兵！"

⑧ 周钟瑄（1671～1763年），字宣子，贵阳人。任台湾诸罗（今嘉定）县知县时建学馆，修城隍，摒陋规，并教民耕作，发给耕牛、农具、种子，辟阡陌，广田畴，开沟渠，筑塘堰，促进了农业发展，使老百姓得利。人民感其德，称所修塘堰为"周公堰"，并建"周公祠"，为他塑像。著《读史摘要》《劝惩录》《退云斋诗集》《诸罗县志》《生番归化记》《松亭诗集》等。连横主编《台湾通史》列有27位在台做官的贵州人，周钟瑄被盛赞为"周公"，颇有先秦圣贤之誉。

⑨ 莫友芝（1881～1871年），字子偲，号郘亭，贵州独山人。清代著名版本目录学家、诗词家。与曾国藩过从，其去世后曾国藩撰挽联云："京华一见便倾心，当年虎市桥头，书肆订交，早钦宿学；江表十年常聚首，今日莫愁湖上，酒樽和泪，来吊诗人。"

⑩ 贵州铜仁府陈灿兄弟八人皆中科甲，誉为"八英"。

刘长焕辞赋选讲

举贤翰林，禀赋超群①。诛杀太监，宫保手段②；放眼寰宇，酬唱黎星③。芝园请折而北大首倡④；平刚剪发而同盟先行⑤。恩铭若飞，树举大纛⑥；达文逸群，头角峥嵘⑦。六逸文章，思沉翰藻；⑧素圆笔政，力主新生⑨。文襄

① 清代开州（开阳）何氏一门，五代共出七个翰林，一时传为佳话。

② 丁宝桢（1820～1886年），字稚璜，贵州织金人，曾任山东巡抚、四川总督。以诛杀慈禧所宠太监安德海而名震全国，性格刚烈正直，为清代名臣，曾国藩赞叹为"豪杰士"。

③ 黎庶昌（1837～1897年），贵州著名外交家和散文家。曾出任英国、德、法、西班牙四国参赞，驻日公使。著有《西洋杂志》《黎星使宴集合编》。

④ 李端棻（1833～1907年），贵州贵阳人，官至礼部尚书。为戊戌变法的重要人物，曾向朝廷保举严修、唐才常、熊希龄、夏曾佑等人，变法中又密保康有为、梁启超、谭嗣同等。1896年上《请推广学校折》，首倡京师大学堂（北大前身），为近代民主先驱。

⑤ 平刚（1878～1951年），字少璜，贵阳人。为贵州反对清政府的第一个剪掉辫子的人，孙中山在日本成立同盟会，平刚即刻加入并一直投身革命。

⑥ 邓恩铭（1901～1931年），字仲尧，水族，贵州荔波人。中共一大代表，山东中共党组织的创始人。王若飞（1896～1946年），贵州安顺人，是中国共产党早期杰出的无产阶级革命家。

⑦ 周达文（1902～1937年），贵州镇远人，中国共产党早期理论家、翻译家，与邓小平为联襟。周逸群（1896～1931年），贵州铜仁人，早年留学日本，1924年入党，曾入黄埔军校。1927年与贺龙率第20军参加南昌起义，1930年任中国工农红军第六军政委，1931年在岳阳战斗中牺牲。

⑧ 谢六逸（1898～1945年），字六逸，号光燊，中国现代新闻教育事业的奠基者之一，著名作家、翻译家、教授。1917年以官费生赴日就读于早稻田大学，1922年毕业归国，入商务印书馆工作。后历任神州女校教务主任及暨南、复旦、大夏等大学教授。1930年任复旦大学中文系主任，又创设了后来闻名于海内的新闻系，任主任，并提出新闻记者须具备"史德、史才、史识"三条件。此举为全国大学设新闻系之开始。

⑨ 周素园（1879～1958年），别字树元，澍元，贵州毕节人，1907年在贵州创办第一份日报《黔报》，宣传民主思想、爱国主义。参与领导贵州辛亥革命。1936年2月，红军二、六军团到达毕节，组织贵州抗日救国军，以57岁高龄毅然随红军二、六军团长征。有《周素园文存》等。

广雅，养于黔灵[1]，茫父画笺，领异标新[2]。许肇南渡重洋，工程科学之端绪[3]；张永立创函数，宇宙锥体以奠基[4]。邢毅化学，领世界之先[5]；元勋方程，破相对之理[6]。拳击摘金牌于盛世，歌喉传原态与八荒。古今人事，绵绵不尽。辉耀八表，煌煌殊勋。

于是乾造阳刚，坤载阴柔，潜滋暗长，悄然化育。植被纷披，万类繁衍。油杉直而云霄，桫椤古而伞盖，长雉结伴幽栖，猕猴成群游憩。灵猫玩乐，乱以荆棘，大鲵慵懒，睡以沟浍。

五方杂处，文化和融。苗寨居山野，结獐猿之好；布依处水岸，侣鱼虾之盟。水家万代文字，侗族天籁和声。银饰叮铛，伴鸣鸾之响；歌舞缠绵，

---

① 张之洞（1837～1909年），清朝洋务派代表人物之一，字孝达，生于贵阳六洞桥。少年在贵州度过，有《张文襄公全集》。

② 姚华（1876～1930年），字重光，号茫父，贵阳人，是清末以后贵州士林的佼佼者。于诗文词曲、碑版古器及考据音韵等，无不精通。书、画则山水、花卉，篆、隶、真、行，亦有高深造诣，有《弗堂类稿》。梁启超、鲁迅、郭沫若、郑振铎、陈师曾、陈叔通、郑天挺、马叙伦、梅兰芳等对姚华多有高度评价。

③ 许肇南（1886～1960年），名先甲，号石楠，贵阳人。1906年赴日本留学，1908年转赴美国入伊利诺斯大学，为贵州省第一位赴美留学生。1910年回国后，考取第二届清华大学公费生，再次赴美国，入威斯康星大学专攻电机工程，获理学学士及电气工程师学位。在美留学期间，被举为中国留美学生会会长，并在康奈尔大学与他人共同发起成立中国科学社及中国工程师学会，后创办河海大学，著有《家学古获编》《客敦》《古籍统系论》《继志述事》《札探古董》等。

④ 张永立（1912～1972年），贵阳人，1935年留学比利时。以《宇宙线和乙烯分子的振动》获博士学位，是世界宇宙锥体理论的奠基人，在分子振动理论中有一个函数叫"张永立函数"。

⑤ 邢其毅（1911～2002年），贵阳人，毕业于北京辅仁大学。先后获美国伊利诺伊州立大学哲学博士，德国慕尼黑大学化学博士。在研究"普林斯反应"基础上完成氯霉素合成。与人合作研究"人工合成牛胰岛素结晶"，在世界处于领先地位。1982年获中国自然科学一等奖。

⑥ 秦元勋（1923～2008年），贵阳人，毕业于浙江大学数学系，哈佛大学文学硕士、哲学博士。回国后担任中科院应用数学研究所、中国核工业部等领导职务，著有《核装置分析》，为"两弹元勋"。长期研究爱因斯坦相对论，提出了"时空质三合一而以质量为主"的理论，被世界认为是对相对论的继承、发展和突破。

刘长焕辞赋选讲

吹引凤之笙。霓裳七彩，紫皇惊羡；蜡染摘纹，通变天人。刻木示信，存婚俗之古风①；马尾巧绣，见浮雕之含情。龙舟牯藏，祭树杀鱼，迎雷招龙，姊妹吃新，谓苗家节日之繁盛；浪哨情歌，铜鼓乐调，八音坐唱，三旦七生，是布依风俗之天成。蝌蚪爨文，经沧桑而不阙；木楼飞檐，历风雨而弥新。鸟语蝉鸣，流水琵琶，行歌坐月，徜徉襟怀②；猴人变戏，火把逐邪，酒对篝火，风颂比兴③。

文物古迹，玄机暗示。观音、大洞，考石器早晚之别④；可乐、宁谷，论文化远近之分⑤。玛瑙玉骨，誉美战国；镂空铜豆，汉代匠心。干栏架构，南方独有，水稻陶模，千载农耕。抚琴佣，弦命高山；画像砖，乐奏韶音。鎏金铜鐎，千年溢彩；夔纹玉璜，万代藏灵。九凤金冠，状明代显贵之奢；三足铜奁，谓炎汉梳妆之盛。棺悬崖穴，秘玄海内；敖氏刻石，艺飘九土⑥。文庙古佛遍布山川，道观天主落户黔省。立派开宗，相竞南北。水乳交融，殊

———————————————

① 清乾隆《镇远府志》载，苗族"俗无文字，交质用竹木刻数寸"，名为"刻木"。婚嫁则"姑之女定为舅媳。倘无子，必重献于舅，谓之外甥钱，否则终身不得嫁或招少年往来"。《贵州志略》亦有苗族"刻木示信，犹存古风"的记载。

②《蝉之歌》《琵琶歌》《行歌坐月》等，是侗族大歌中最动情的内容。

③ 彝族撮泰吉，为彝族古老的戏剧，叙述着人类的起始故事。彝族有火把节，叙述爱情的忠贞，驱逐邪魔，增加团结，得先秦风颂比兴之要义。

④ 白寿彝总编《中国通史》中说："在我国南方，属于更新世中期的遗址，首推贵州黔西观音洞。"1964年，中国著名考古学家裴文中先生在黔西观音洞开始发掘，在前后九年中，共掘出土3 000多件石制品和23种动物化石。测定为距今24～18万年的旧石器早期人类活动遗址，史称"观音洞文化"。贵州盘州市大洞遗址的发现被列为1993年"中国十大考古新发现"之首，是继观音洞之后，规模巨大、文化内涵丰富的旧石器时代中期遗址，在中国"独一无二"。

⑤ 赫章可乐乡为全国重点文物保护单位。发掘出大量的古墓葬，年代从战国至西汉，部分为汉墓，部分为"南夷墓"，且有目前尚无先例的"套头葬"法，出土大量铜器、铁器，被认为是夜郎时期的文物。安顺宁谷镇，2006年公布为全国重点文物保护单位。墓葬年代为西汉至东汉末年，出土大量货币、陶器、瓷器、铜器、铁器、金银器、玉器等。

⑥ 敖氏刻石，又名"敖家坟"，位于贵州金沙县石场境内，为晚清以来国内罕见的技艺精妙而保存完好的大型墓葬石刻群。

于方外。屯堡着明朝之衣冠[1]，镇远融三教于当世[2]。遵义红星，千秋成败；危局扭转，亿兆同晖。岜沙遗枪手之部落，隆里兴儒道于边隅。飞云崖，石门坎，述文化往来；文昌阁，海龙屯，存建筑精髓。

玉屏箫笛，清音舞伴瑶池；茅台佳酿，玉液醉倒仙人。从江奇豕，荣珍国宴[3]；下司猎犬，封氏高辛[4]。桐梓笋芽，清心可口；瓮安娄菜，韵味幽深；正安木瓜，男女投报之嘉信[5]。都匀毛尖，琴书冲和之极品。紫袍玉带，文房之宝；罗甸水晶，京畿所贵。花瓶漆器，妍于大唐三彩，傩神面具，异于京剧谱纹。小吃琳琅，不可计数。豆花肠旺，嘴馋宇内[6]；羊肉锅巴，魂断离人[7]。民族风物，特立迥异；黔中锦绣，尽显斑斓。

峰际连天，飞鸟不通[8]，谓黔道之往古；高速纵横，川流不息，绘康庄于今世。卅载鼎革，万道铸凿。三线建设以纬地，航天谋筹而经天。伟业肇基博物，大器启蒙涵泳。庠序隆昌，蔚为大国；讯息频繁，天涯咫尺。能源富庶，惠及华夏。水火互济，暖送东南。试验乃勤政别开，循环创发展新面[9]。

---

① 安顺屯堡，为明代军事遗存，村落井然。妇女衣着一律保留600年前的古典方式，也体现出明代南京一代的服饰特点，为世界服饰流行的最典型状态，有服饰文化的"活化石"之称。

② 镇远乃黔东重镇，城市历史2 000多年，名人题咏颇多，而至今保存儒释道三教于一个栋宇，非寺非观非庙，亦寺亦观亦庙，为宗教文化融合不悖的又一典型。

③ 贵州从江香猪为国家保护的特异品种，肉质鲜嫩且营养丰富。

④ 麻江下司猎犬，为世界名犬。猛而有英姿。《玄中记》曰："狗封氏者，高辛氏有美女，未嫁，犬戎为乱，帝曰：'有讨之者，妻以美女，封三百户。'帝之狗名槃护，御览引作槃瓠三月而杀犬戎，以其首来。帝以为不可训民，乃妻以女流之，会稽东南二万一千里，得海中土，方三千里，御览引千作百而封之。生男为狗，生女为美女。"此借之赞其俊美。

⑤ 正安野生木瓜，味鲜涩，独具保健功能。《诗经·卫风·木瓜》有"投我以木瓜，报之以琼琚"之句。

⑥ 遵义小吃豆花面、贵阳小吃肠旺面，为黔中"二面"也。

⑦ 金沙羊肉粉、瓮安绿豆锅巴粉，为黔中之"二粉"，也可堪小吃之代表。

⑧ 王阳明初到贵州修文，有"峰际连天兮，飞鸟不通"的吟唱。

⑨ 自1988年以来，贵州毕节以生态建设、人口控制、开发扶贫为核心的开发试验创建了生态经济发展新模式。

刘长焕辞赋选讲

恪守绿色天基，臻化人文至理。体制务去微垩，良策须存大道；构嘉善而同光，图南天以高骞①。风骨傲于九域，山川分与天下。

美哉贵州！屹大山之脊梁，开生态之文化。

壮哉贵州！舞多彩于世界，兴伟业于中华。

（选自《贵州赋》的序）

作品鉴赏

刘长焕：不平则"赋"

郑文丰

一、用辞赋为自己和家乡"杀"出一条血路

看面相，板寸头、牛仔裤、皮肤黝黑的刘长焕先生，自是一股子的"匪气"，望之不似文人。但自2007年《贵阳赋》登陆《光明日报·百城赋》屡获殊荣以来，他又磨砺出了《多彩贵州赋》《茅台赋》《金州赋》等先后在《人民日报》上发表的骈赋。即便如此，他的"匪气"似乎依旧未能磨掉。

事实上，这位望之似"匪徒"的贵州辞赋人，正在用传统辞赋的方式为自己和家乡"杀"出一条血路。在上海世博会上，他的《多彩贵州赋》更名为《贵州赋》被当作贵州送给世界的五件礼品之一。有嘉宾评价说，《贵州赋》的价值，就在于它用一种中国传统文化最特别的方式，以艺术的魅力吸引人们对贵州进行了全新认识，这是一张很有贵州个性的名片。"我们往往是通过文学作品去了解一座城池的，为此，在书法、辞赋、对联等传统文化领域的话语权上不能留空白，这是贵州贵阳突围的绝好途径。"

二、在传统文化领域争取话语权

由中国新闻文化促进会、中国碑赋文化工程院、凤凰卫视等单位联合举办的"首届中华辞赋北京高峰论坛"在北京举行，马识途等来自全国各地的200多位学者辞赋家云集。这是辞赋界有史以来最高（大）规模和规格的一次盛会。被视为"贵州辞赋界的高度之一"的刘长焕，作为贵州省唯一的代表应邀出席并做了大会学术交流发言。

---

① 《庄子·逍遥游》有云"而后乃今将图南"。

"首届中华辞赋北京高峰论坛"邀请函附有详细的邀请人名单。长焕先生在这份名单中寻找贵州的同道中人，未果。反观组成"集团军"出席的四川、山东等省份，他感慨颇多：这些可都是历史上的文化大省，而我们贵州提供给外界的基础文化元素还是比较有限的。

他拿亲身经历来说明："有一次去山东曲阜开一个儒学会，大会很少关注云贵学人的观念和思想，即便关注也总是戴着一副有色眼镜，更自负于他们的文化基础和创作，好像就认定我们是文化沙漠，是诸葛亮说的不毛之地。"

"我们总说我们多彩的原生态民族风情好，是我们的优势。不用说这当然都是我们的优势，但我们是不是应该在诗词歌赋书法绘画，这些不是谁家独家专利的传统文化平台上去跟别人竞争话语权呢？在别人擅长的领域抢地盘，别人最服气。"对家乡有深厚感情的长焕先生，对外面的"傲慢与偏见"压着一肚子的不平之气，这股气推着他的文字走，宣之以"赋"，从而树立了自己"不平则'赋'"的姿态。

三、"赋"里的家乡新形象

"一篇《史记·西南夷列传》和一篇《黔之驴》，夜郎自大、黔驴技穷的恶称便流传了千年。"长焕先生深切地感受到，文学创作对一方形象的"塑造"作用巨大：反观其他，一篇《岳阳楼记》我们知道了岳阳，一篇《滕王阁序》让我们知道了南昌……

他告诉记者，如果说《贵阳赋》的创作有些颇不经意，那么之后的创作便有意识、克服了许多弱点、开始寻求更加别致的表现途径。

"《贵州赋》2 000余字，将贵州的历史人文、自然地理、风土人情做了梳理开掘，将贵州的天地之美囊括笔下，打包整理，形成韵文之后传递给读者的内心深处，这种方式是不是比让普通读者去读《贵州通史》《贵阳府志》，继而了解贵州贵阳的可能性更大？""我们国家有着深厚的酒文化，酒的触角伸向中国的每一个家庭。传统诗词里，随手一抓都能拧出酒味来。而我省有国酒茅台，不仅是很多人心目中的政治酒，在历史上更是中原文化与西南文化融通的见证，是纯之又纯的文化酒。为此，我写了《茅台赋》。"……"不是说我们贵州不行吗？我就用最传统的文学形式来让你重新认识贵州。"从某种程度上，他做到了。这次去北京参加峰会，很多人找到他谈他们对贵州的新观感。顺道，长焕先生"匪气"的脸也被人重新认识了，"原来您就是长焕先生"！终于对上号之后的学者们的确吃惊了不少。

81

长焕先生的夫人也笑着说："平时也不知道自己的丈夫有几斤几两，原来还是有一手的。"

在北京峰会上，长焕先生以一篇《对当下辞赋创作中理论缺失与现实困境的几点意见》的发言引起了学界热议和关注。他提到，辞赋佳作难出，面临三重现实困境：一是作者心态闪烁，无"志"可写，徒有铺陈而未能深挖主题价值；二是基础知识鄙陋，才学贫瘠，驾驭语言文字的功夫尚欠火候；三是纱帽气息笼罩，不善于客观、辩证、曲折、巧妙地反映生活，代之而起的是应景应事之作泛滥。

对于《贵阳赋》《贵州赋》《茅台赋》这样的题材，是不是很容易变成"应景应事之作"呢？面对记者的质疑，长焕先生一笑："我从来创作都是相对独立的、自由的，不得不说的时候才开始从内心发动，无用之用乃为大用，我不为宣传而作文，也没有谁会给我任务。写《贵阳赋》有不平之气，其他的作品也是时有讽谏的，古人说'知屋漏者在宇下，知政失者在草野'，任何辞赋家都会在其所作的辞赋作品中抒写性情和言说心志，都有对国家民族的根本关怀。"

"而且，在中国靠写字养活自己是很危险的，我不靠写辞赋养活自己，写辞赋我是一种'玩'的心态。"停顿一会儿，他说，"事实上，我正在申办一个副处长职位的辞职手续。"

话头落下不久，他辞去公职，前往北京发展。

卢惠龙散文选讲

作家简介

卢惠龙山东济南人，中共党员，1967年毕业于贵州大学历史系。历任中共贵州省兴义地委秘书，黔西南州文化局局长、党组书记，黔西南师专校长、党委书记，贵州省新闻出版局副局长，贵州人民出版社总编辑、副编审。贵州省文联第二、三届委员，贵州省作家协会第二届理事、第三届副主席，中共贵州省第七次代表大会代表。1956年开始发表作品，1993年加入中国作家协会。卢惠龙长期从事文学创作，曾发表诗歌、小说、散文、电视文学剧本和文学评论近百万字。出版有中篇小说《艺术部落的后院》，中短篇小说集《不设防的爱》，散文集《黔西南风景线》（与人合作）、《独自凭栏》和长篇报告文学《鲁布革启示录》等书。

选讲作品

雨丝如期而至

雨丝如期而至，细细碎碎，却并不停歇。一阵一阵，随风飘忽。我的石屋被雨丝的沙沙声紧紧裹住。

我小小的石屋，石块砌的墙，石板盖的顶，岑寂地横陈在花溪吉林村一座土山的半腰。石屋四周是苞谷林，山脚是漠漠的水田，一条并不宽阔的水溪，澄澈无垢，在山下终日潺潺。雨丝中，苞谷林散发阵阵泥土的气息，黝黑的叶面上，水珠在滴滴下落。这厚实黝黑的叶面，昭示这成片的苞谷正在旺盛期，肥料和水分相当的充裕，夜深时听得见苞谷秆上蹿的拔节声。水田呢，似乎缄默。雨丝飘洒，翠绿的秧苗一阵阵随风起伏，像有波峰，像有谷底。水田因雨而泛起涟漪，琐琐屑屑的。雨丝一停歇，蜻蜓又翻飞起来，不时地在秧苗上安谧地短暂停留，款款地汲饮秧尖清凉的露。低徊并陶醉着，像在深情地获取地母的营养，滋养它们灵动的翅膀和轻盈的身躯。

这是夏季了。夏季是生长的季节。水溪里的青蛙，这期间活泼极了。它们四肢饱满，四下里蹦跳，蛙声频率很高，包围我的石屋。青蛙常年生活在地底的洞里，季风带来雨水，它们便纷纷出洞。青蛙头的两侧有两个声囊，能产生共鸣，放大鸣叫。每每，一入夜晚，青蛙出来捕食，这时候就是它们的天下了。蛙声骤起，如鼓如謦，如醉如狂，浓郁，浩荡，大肆将雨夜渲染。这明亮、雄浑而又神秘的音乐体积，生阴阳，孕万千，俨然一部熟悉、壮阔、悦耳的合唱。蛙鸣，蕴含着无有穷尽的生命密码，几乎就是大自然永远的歌咏，一首田野之歌。"稻花香里说丰年，听取蛙声一片"，有蛙鸣就有播种的希望，有蛙鸣就有收获的喜悦！

这个夏天，每夜，我都在做笔记。我读李清照、读陈子昂、读王昌龄、读李商隐们。"晓镜但愁云鬓改，夜吟应觉月光寒。蓬山此去无多路，青鸟殷勤为探看。"我为这些诗句作注，留下了几万字笔记。当雨丝飘忽，蛙鸣如潮时，我索性合上书卷，放下笔，一切都沉淀下去，静静地融入大自然的夜。

我闭了眼，恍惚，万象在傍。动与静，虚与实，远与近，升为一种生命状态。这时候，我犹如处于一种亦真亦幻的情景中，仿佛摘一根草茎放到嘴里咀嚼，总有山野泥土的味儿，清香的，苦涩的。这情景的纬度和扇面，可以体味，可以触摸，并与人性纠结，呈现一种毛茸茸的真实。我们，每个人，是不是都生活、生存于一种规定的情景中呢？无论是一种怎样的情景。情景好像就是一种宿命，就是我们念兹在兹以至生死与之的，己身所属的情景。这样，情景就是我们每个人终身的褴褓了。我此时此地的情景，在雨夜里，在蛙声中，就像一幅写意山水，有一股气荡漾其间，氤氲环绕，诠释生命。

对了，这时候，大抵需要确认的是，我们不必过于自负，人类其实并不是这个星球的唯一主人。人类要给大自然以恩泽，与大自然共生共存。就像《鱼王》里的那个伊格纳齐依奇，他看见柳叶尖上，一滴露珠凝敛不动，都以为是露珠因害怕自己的坠落会毁坏这个世界。这就是一种敬畏了，敬畏我们生死与之的情景。再深一步说呢，我们必须像敬畏自己的生命意志一样，敬畏所有的生命意志，敬畏我们赖以生存的地球。如果没有对所有生命的尊重，对地球的尊重，人对自己的尊重也是没有保障的。

至此，内心曾经的一些东零西碎仿佛慢慢平息，获得一种透悟的解脱。

雨丝依旧飘洒，我屋顶的青石板沁润了一圈一圈的水渍，有浓有淡。雨声听着听着小了下去，不一会儿，又急促起来，响亮起来，也许它会彻夜不歇的。而蛙声呢？像浪潮拍岸，渐渐有了规律。唔，山的呼吸浓烈，水的气息可辨，这是一种原本，一种落定，是大自然的脉动，一种浸淫了的博大气象。万物都有自己的轨迹，絮果兰因，不可僭越。

我倏地想起了沈从文、汪曾祺们。他们笔下的山水，是有情有义，叫得应的那种。他们写得很素净，这种素净，不枯涩，有银光，泛着亮。国色由来兮素面，佳人原不借浓妆。人间事，烟火事，都不曾折了明亮、旷达、情韵。湘西的乡村，是沈从文记忆最活跃的区域。乡村是一口深井，所有景致、人物都在这口深井之中。正是个体生命和乡村的交融，才有闪烁记忆的文章。他守望这口深井，于是，乡村持了生命的护照，成规模地进入他的文本。汪曾祺的小说，去掉沸扬，退尽火气，在浑朴自然、清淡委婉中表现和谐的意趣。如果，一个人的生命已经融化为真情、鲜活的文字时，生命就会以另一种形式延续下去，沈从文、汪曾祺就是这样的人。

冥冥之中，寂而能仁，一下子有了一种专属人的精神贯通，即使山呼海啸，一无凭借，也能依稀辨认出那条道路、那个方向。这就是始终深爱大自然，视大自然是我们生命的来源和归宿。

大地是万物之母，春天和夏天都在滋生滋润生灵，到处是生命的色彩，到处是生命的吟唱。每一颗种子都会发芽，每一瓣花蕊都有芬芳，每一只蜻蜓都会飞舞，每一只青蛙都会歌唱。每一缕风，每一棵树，每一只鸟，都很真实。像日月一样起落，又像日月一样簇新。在生命的起承转合中，人类、动物都按照大自然的意义呼吸宇宙之气，这令人着魔。我对大地心存感恩。

是的，文明许诺人们致富，文明甚至重新解释了关于财富、进步、和谐的概念。人类的理性是有限而不是无限的。人类为什么会以一种天然的优越来否定动物的权利和自然的权利呢？为什么不与大自然和谐与共呢？大自然的呼吸一旦艰难，它和人类的关系就会失衡。社会文明滥用技术、放纵贪欲，人与大自然的和谐便有可能趋于终结。

念及这层意思，要问的话自然就涌动于胸：如果，那样的话，这细细碎碎，却并不停歇的雨丝，还会如期而至么？这花溪宽阔的流水，还会澄澈无垢么？这蜻蜓还有灵动的翅膀和轻盈身躯么？青蛙那明亮、雄浑而又神秘的音乐体积还能为继么？

卢惠龙散文 选讲

一个人的雨夜。贴近这雨声，贴近这蛙鸣，有了某种温暖和依靠，也生出淡淡的忧伤和痛。

（载天津《散文》杂志）

夜深深

深秋。月亮圆了一半，大抵是初七、初八了。

这个竹林四合的，傍了县城的寨子，薄暮笼罩之后，月光便洒下了清辉。蜿蜒的石板路上，也飘零了梧桐树的落叶，踩上去，有窸琐的细响。那片用青石嵌平的晒坝，那蓬叶子扶疏的竹林，各家瓦屋青黛的飞檐，还有，新收的谷草个子，白木做成的搭斗，手摇的风车和卷了起来立在阶沿前的晒席，全被月光勾勒出明明朗朗的轮廓。

月色里，隐隐约约的人语，吸烟筒发出的咕噜咕噜的轻响，刺笼里雀鸟的叫声，都听得真切。唔，还有生人路过时的犬吠。微风摇荡的大气中，谷草的温馨，熟透了的山果的清香，甲虫特有的气味，也扑面而来。谷米进了家，水牯添了膘，寨子里，像有一种成熟、温暖、香甜，存乎其间。

夜归的货车，沿着寨子坎下的公路，向前方驶去，车灯射出长长的、亮亮的光柱，一辆过去了，接着又是一辆，一辆一辆渐次地远去，就像汩汩流水，竟日潺潺……

夜深深，晒坝上又细碎又缠绵的人语，越更清晰。

"坎下的那蓬刺藜，好甜，退了涩的……"说话的人，喉音浓重。

"明天让娃儿讨一背，城头人稀奇。"这是让人感到苍迈的声音。

烟筒在响，烟筒上明明灭灭的红光，一闪一闪。

"这一冬，不出去找点活路？"苍迈的声音。

"要去的，岔江底下，修公路，要人。"

"有活路做，不说几百上千的进项，总比去桥头蹬茶馆、赌钱强。"

"正月间，老二接媳妇，三五万块钱少不下来。"

"凑齐了么？"

烟筒递到另一双手上。

"还差六七千，开春，卖洋芋种，少说收两三千。再去岔江三个月，也差不多。"

"岔江底下，要的人多么？"

"想必不少。"

"你不去约老贵一起去？他家去年背账。"

"倒是。"

犬吠。竹林的萧墙边，有人游荡，还唱着从城里学来的歌：你是光，你是电……

不用说，寨子里会唱这种歌的，准是老贵。晒坝上的人招呼他过去，问他去不去岔江做活路？

肩背圆浑的老贵，直愣愣地瞅着前面的人。他说，他家今年够吃够穿，又不背账，哪里也不去。

晒坝上的人相当的不自在了。他们暗暗地嗤笑了老贵一回。优游的日子，为乡居的人所不取。

浓重的喉音，忍俊不禁，诉说起正月间将要施行的礼数。话语，那样浓烈，那样舒适，又那样相宜……

这时候，雾岚漫上了屋前的石阶。

牛　王

斗牛，古已有之。秦汉时，中原有头戴牛角而相抵的蚩尤戏，唐末戴嵩、五代厉归真的斗牛图也甚有名。我们复兴镇的斗牛节，或许就是一种遗风？

又是入冬以后的第一个"亥"日，天现曙色，三声铁炮响过，锣鼓齐鸣，各寨寨老带了斗牛向牛场坡进发。斗牛头上照例绑有两根遒劲的野鸡毛，背上，都有刻着"二龙抢宝"图案的旗座，旗座上插有五面三角形彩旗。斗牛颈项那里还系了九颗响铃，一路走来，叮当作响。这自然是相当风光了。

杨家二叔枯坐在火塘边，发红的两眼，盯着幽微的火光，一动不动。铁炮声和锣鼓声震动了窗棂，让他浑身悚惧。

北风拂过门前的梧桐，枝杆似铁。

牛槛那边，铁角水牯哞哞吼叫，声音激越，完全是一种临战前的呼叫。片时，那对铁角铿铿地撞击着青杠栏栅。

牛场坡的斗牛场上，杨家二叔和他的铁角也曾风光过。铁角蝉联过三年

87

冠军，当之无愧地成为复兴镇方圆十八寨的牛王。

叫杨家二叔刻骨而铭心的是去年那一仗。在成百上千的寨邻面前，铁角遭遇了王家寨买进的"撞山倒"。两牛贸然相遇，角逐相抵，铁角一上去就败下阵来。坐在坡上观战的寨邻，一律站起来，为"撞山倒"叫好。两年夺魁的铁角头一回丢人现眼了。震天动地的欢呼声似乎激怒了铁角，它四蹄翻飞，回头再战，百倍地勇猛。四只牛角撞击的铿锵之声，证明了双方都有千钧之力。对峙之中，铁角虽然呼呼喘气，而"撞山倒"却嘴溅白沫，终于轰然倒地。最后一个回合，铁角几乎把"撞山倒"抵死在岩石上，幸亏杨家二叔用绳索套住铁角的后腿，才让"撞山倒"免于一死。

铁角赢得了至高无上的荣誉，十八寨都由衷地为它披红挂彩，鞭炮声应山应谷，其壮观千载难逢。杨家二叔也按惯例接受了每个寨子赠送的一只大公鸡。

去年斗牛节后，十八寨的寨老坐拢来，反反复复相商，因为铁角无敌天下，斗牛节也少了悬念，少了乐趣，不如给它永久性荣誉，拜为十八寨牛王。寨老们还立下这样一条规矩：以后，一年一度的斗牛节，铁角不必上阵，反正最高荣誉都属于它了。这也不是只对铁角，以后，只要得了三次第一，也都不参加第四次斗牛节，也可以封王。

依了规矩，今天，铁角失去了上场拼斗的机会，只得困在牛槛里了。

雾罩早已消遁，天发蓝，阳光在博大的山野蔓延开来。

牛场坡那边的人声传来，虽说细微，却又真切。

杨家二叔走出门来，门前那棵梧桐树上，麻雀从这枝头跳到那枝头，追逐，扭打，不一会儿又扑扑飞了。几只小鸡，窥测了一下，大摇大摆地走进菜畦，东一下西一下地觅食。阶沿上，黄狗懒洋洋蜷缩着，不一会儿，缓缓地站起，前后地伸起懒腰来。

鞭炮声大作，牛场坡那边，斗牛进入了高潮。

杨家二叔的目光越发黯淡，心里空空荡荡。他下意识走到牛栏边，只见铁角眼神痴痴的，眼角含着浑浊的泪，它的两角因碰击栏栅而发亮。杨家二叔把铁角牵出来，在土院里转了几圈。往年出征的时候，他都要给铁角灌二两酒，让它运气鼓劲。今天呢，不用了，不用了。他后悔不迭，这铁角，去年，为什么不输给"撞山倒"呢？第一回合失利后，为什么还要斗下去呢？为什么没有制止它呢？而今，没有对手，不也就没了自己？

不知怎的，杨家二叔心中一阵惶恐，他把牛拴在梧桐树上，转回屋去。

就在他跨进门的一刹那，他决定重新喂一头斗牛，决不亚于这铁角。不过，以后，最多只能让它赢两回。

他六神无主。

他迷迷糊糊，想到这铁角老去以后，他要从它印田穴上拔下一撮毛，沾着它的血，贴在神龛的牌位下边。他觉得对不起铁角，要永远记得它，永远记得它的这段光荣和孤独。

作品鉴赏

漫步在如歌的行板中

徐成淼

要对卢惠龙的文字说点儿什么，实在需要不小的勇气。因为卢惠龙就是干这个的，而且干得堪称精彩。卢惠龙将笔下的诸般作家，解析得如此优游清丽。如今轮到我来评析卢惠龙，又如何能像他那般练达而静美？他在那儿立了一根标杆，使读书笔记的写作平添了新的高度。卢惠龙在桥上看风景，我在楼上看他。卢惠龙斜倚桥栏的姿态是如此优雅，站在楼上的我，又该如何举手投足呢？他已经把文学（还有人生）说得很透了，还轮得到吾侪再在这里饶舌吗？

例如，《出入经典》，他评须兰。须兰说："浮世绘……黯淡的，是瓷的，是缺的，是敦厚的，是手的，是熄灯的，因而是，日本的。"对此，卢惠龙感叹了，他说："这种语式，这种排列，很独到，很匠心，很饱满，也很才气。我读到'因而是'后面的那个逗号时，忍不住掏出笔来，把那逗号圈起来。"那么卢惠龙的文字本身不也是这样的吗？他那些灵气独具的文字，不也让我忍不住要掏出笔来一一圈点吗？

还有《美丽停泊地》，他评毛尖。卢惠龙说：毛尖的"一些笔记，她智慧，狡黠，俏皮，风趣，扎眼，不时让人心惊肉跳，灵魂出窍。心惊肉跳之后，接下来的是悠长的回味。""在茫茫人海，处处狂欢之中，我们似乎多了些凭借，能依稀辨认美在何方，美在哪里停泊。"像这样的札记，如今能写得出的又有几人？

几千年的汉语文言，其本体是唯美的；即使用于纪实，也不失精致和美丽。而到了白话文，先就要往应用的路上走。着眼于应用，就很少注重发挥汉语文"魅"的一面。"魅"即"魅力"，亦即"美力"，是汉语文精魂之所在，却常常被人忽略。那些应用性的公众文体，大体上处于板结的状态，失却了汉语固有的柔软可塑的特质。能将白话文写得流丽而充满弹性者，罕有其人。为此，真正的文学者，一直在努力着，努力将自己的文字调理得雅致而天光水色。这很不容易，没有几十年的锻冶，到不了这境界。我一直惊叹于汉语王国的巨大美感。汉语本质上是感性的，其美丽和神奇，正与生命的本质同一。现代汉语本应是世上最具魅力的语言之一，汉语汉字的形体美和音韵美，听觉美和视觉美，蕴藏着极大的审美表现潜能。白话文运用至今不过百年，它还没有真正地充分成熟。眼下能努力开发汉语审美潜能、熟稔并优雅地运用白话文写作者，该是十分幸运，也十分令人称羡的了。

卢惠龙是努力者中突出的一员。他以母语描绘事象，勾勒风物，叙写经历，发抒性情。那些文句本身，就是满目色彩，满耳旋律。其字句、体式和节律，生动简净，充满情韵，峭拔而又美丽。有时冷不丁的，一行文字跳出，竟会"让人疼痛"，在人的心中"筑成一道春风不度的雪线"。卢惠龙说："文字间或长或短的顿挫，总沾染着遥远年代的氤氲，还透着冷清。""满眼既是浓烈，又有恰好留白。铺张，又节制；华美，知收煞。"他说的是须兰，然而用来说他自己，亦恰如其分。他深入汉语王国的神奇内层，探寻汉语深处那挥之不去的美丽忧伤。其文笔之优雅婉丽，赫然在目。那是一种共同的语码，只需一瞥就能心灵相通，臭味相投。在这一点上，能将卢惠龙先生引为同道，我深感慰藉。

这是他的《面对巴黎圣母院》，开头："着黑衣，那天，我来到塞纳河，西岱岛，伫立于巴黎圣母院前。"何等突兀，而又简捷如削，让所有的芜杂立时退避。这是他的《另一种梦》，结尾："那么，我们，打开窗户，让树木、河流的气息进来，呼吸一下乡村的清新。"电报式的果断，却让我们扪及了现代汉语真实的质地，和那不可取代的瑰丽内核。还有《那晚风吹来清凉》，开头："从静安寺那边横过来，上延安路的天桥，已是深宵。""黑夜如磐，人烟稀疏，白日的热闹、喧哗都沉没了，消遁了。秋雨飘洒，只觉沾衣欲湿，并无寒意。"古典和现代，就这样被卢惠龙悄然糅合在了一起。又有《谁念西风独自凉》，结尾："坐在灯下，身后是林海，风涛没有实相，却带来运动和喧腾。恻恻幽情，大哉天问，都欲罢不能，你想，究竟孤独地守望什么呢？把梦做下去似乎不很容易。"情思摇曳，语流如轻波微涌，摇摆荡漾。

我一直认为，散文是一种话语，是思考的方式决定了话语的方式。从一个人的话语方式里，最能判别他这个人。卢惠龙一直逡巡于两种不同的语境之间，却能在"提起与放下的轮回里"，吐纳万方，进退自如，雍容放达，绝无拘泥。

卢惠龙曾长期执掌一些机构，他得按机构固有的章程，规范地策划、处事，而且思考。对于文学者，最后这一项很可能是致命的。而卢惠龙却能一面顺利地运作他的机构，一面徜徉在他自己的风景里，沐浴着艺术的八面来风。这太不容易。这是一个证明，证明卢惠龙骨子里并不属于固有的规则，他关注的永远是那些与灵魂相关的东西，美丽，而且哀愁。布谷鸟的心事，只有树林知道。它丝丝蔓蔓缭绕，终生难以割弃。这是与生俱来的基因，和坐在什么样的工作室里无关。"在接受这个世界的种种指令后"，卢惠龙尤其"想听一听自己的内心在诉说着什么"。

这是两个不同的世界，一个是日常生活，另一个是"不同的空间"，他称之为"另外的一个世界"。而后者，才是他心灵的栖息地，"精神飞扬的所在"。在这片栖息地上，他全方位地面向时代，以一个现代人的情怀，为人类创造的那些艺文菁华，发出由衷的、溢满诗情的咏叹。在全新时代五光十色的涡旋中，卢惠龙游刃有余。既舍弃了主流执掌人的荣耀，也排斥了道德卫士的迂执。只遵从着"内心生活的优先性"，去"构建一个闪烁智慧的、张力十足的文字王国"。

卢惠龙还有另一形式的"两个世界"，那是两个相距很远的时空。一个是童年的上海。在有着高高院墙的石库门里，他一天天长大。那个庆福里，一头长乐路，一头巨鹿路，其间红尘万丈，望不尽的繁华，迎面吹来法租界有质感的风。一片市声中，他"倾听生命的旋律""艺术的味蕾开始成长"。另一个是成年后的贵州山寨。碾坊里，正弥漫着新谷的清香。窗外，蛙声，蝉声，阵阵扑来。入夜，听着牛栏里水牛嚼草的声音，卢惠龙安然入梦。那会儿他可能已经明白，"艺术最神奇的地方，是突出个体和群体之不同"。那么也许，正是这样的浮华和黯淡，交替地滋润着卢惠龙那敏感的文心。现代与传统，在卢惠龙身上纵横交错。他自由出入于不同纬度与扇面的情境里，却时刻不忘聆听时间那苍老的回声。

卢惠龙散文选讲

91

2001年，《贵州大学学报》上有我《贵州散文：落差和距离》一文。其中评卢惠龙曰："卢惠龙具有极好的散文家的素质，他的文化修养、思想修养和语言修养，都标志着他可以成为一流的散文家。""卢惠龙散文更具现代气息，他的吟哦与感叹，都是属于现代人的。那么他散文的语言，就与现代生活节奏更加契合，与现代人的心理节拍更为切近。'在浮躁的社会变革中，我们的文学也有迷失、尴尬的时候，我们有必要记住海明威蓝色的眼珠。他全身都衰老了，眼神却是坚定的、深邃的，透露出生命的力度。我们有理由获得支持。要有一种深藏于内心的信念：在这样的年代创作是绝对的荣耀！'能把现代汉语写到这个样子，可不是轻而易举的事情。这标志着贵州这块土地，贵州的文化积淀和传统，是可以而且能够孕育出优秀的文学人来的。"今天，当卢惠龙的散文新著《陪你散步》出版的时候，我对卢惠龙的信心已更为坚定。"陪你散步"时，卢惠龙边走边聊的话题，就是文学，当然，包括艺术。那里面充斥着的，正是他钟爱的"音乐节奏般的语言，精湛的风景描写"，还有，"淡淡的忧伤"。那是"一种晕染的功力，使表达成为一种渗透，弥漫，沦肌浃髓"。

一位贵州的女编辑说过，读好文章会叫人说不出话。我稍有不同，我读卢惠龙《陪你散步》中那些精彩文字，在说不出话的同时，让书就那样摊在那儿，抬起头来，深深地吸一口气，而后，是一声长长的叹息！……

贵州知名作家卢惠龙访谈

阅读能够带给我们什么？这就像"一百个人眼中有一百个哈姆雷特"一样，每个人心中都有自己不同的答案。然而，对于大多数"嗜读"者来说，捧书在手的"拿得起就放不下"是一样的，从书中体会到的人生百味也是一样的，也许不一样的只有书名而已。

带着这样的问题采访贵州著名作家卢惠龙老师，与其说是采访，实则更是一次于公于私的求教。

"读书是很个人的事。一个人的精神发育史，应该是一个人的阅读史。读书也是双刃剑，掉书袋的人没出息。要读得进去，读得出来。"卢惠龙老师说，"现在进入了电脑时代，各类知识，在互联网、电子书、平面媒体的杂志和报纸上，全方位溢出。尤其在这时，人有定力，心无旁骛，安静地读书，就会变得刚毅和旷达。一个社会到底是向上提升还是向下沉沦，要看全民阅读植根有多深。"

记者：您是从什么时候开始阅读的，因哪本或哪些书籍让"阅读"成为您生活的一部分？

卢惠龙：1955年，我是贵阳五中的初中生，我们五中几个趣味相投的同学常常在一起读书。我们读的是艾青的《大堰河，我的保姆》、聂鲁达的《伐木者，醒来吧》、普希金的《青铜骑士》，还有冰心的《寄小读者》等。记得在五中那间容纳几十个人的大寝室里，在昏暗的灯光下，我读完了长篇小说《铁道游击队》。我很喜欢戴望舒的"我/用残损的手掌摸索/这广大的土地"，它让我们懂得什么叫家园。我也喜欢流沙河的《告别火星》，还背诵。对《告别火星》结尾的"那么，再见了，美丽的火星"也无端地欣赏。跟着，我们自办一个油印刊物《帆》，这是"文学少年"的发轫。我们一起写诗，写小说、散文，然后讨论，最终刻在钢板上，油印。因为自费，一次才印二三十本，32开，送老师、同学。应该说，从初中开始，阅读、写作就伴随了我，几乎一生，不弃不离。

记者：读与写相得益彰吗？

卢惠龙：我进大学前，已经工作了三年。我是带着《红楼梦》《安娜·卡列尼娜》《复活》《悲惨世界》《普希金诗选》《叶尔绍夫兄弟》一百多本书搬进学生大寝室的。寝室没提供书架，我只好申请靠窗的床位，然后，把床稍稍挪动，腾出一点位置，就着窗台，把书安放了。在大学，我许多时间是在啃马克思的《法兰西内战》、恩格斯的《家庭、私有制和国家的起源》、列宁的《国家与革命》，这些书没人来借，而带进学校的那些书，常常不翼而飞。鲁迅在《孔乙己》里不是说过吗，读书人窃书不算偷，查也没用，由它去吧，有人爱读也是好事。大学期间，主要在读书，很少写作。毕业之后读了普列汉诺夫的《没有地址的信》、肖洛霍夫的《一个人的遭遇》、莱辛的《拉奥孔》、罗丹的《罗丹艺术论》、朱光潜的《西方美学史》，还有《第三帝国的兴亡》《大趋势》等。读这些书，应该说不仅是促进写作，与写作相得益彰；读书，对一个人成长的影响是难以估量的。

记者：家里藏书有多少？最爱哪一类？

卢惠龙：藏书是一个有意思的话题。大学毕业后，我的书是装在"朝阳桥""蓝雁"香烟的大纸箱里的。一天，我接到电话，说我住的那幢楼失火了。我赶到现场，消防人员已经在收拾残局。我住六楼，沿着楼梯上去，只见楼梯上全是我的书和在大学时的卡片、手稿。它们已经被水淋湿，被人踩脏。我用纸箱装的几箱书，都被当易燃品扔出窗外。从窗户往外望，也被践踏在一片污秽中。这是件很惨的事。1977年，我有了自己的小小的几个书架，是用旧家具的大抽屉改装的，把大抽屉立起来，中间加了比较牢固的横隔，不就可以放书了？夜深人静，我常常在几个书架间挑灯夜读。读契诃夫、读艾特马托夫、读爱伦堡、读沈从文、读汪曾祺……那是一个艰辛、寒碜而快乐的年代。物质很菲薄，精神很充实。读书，于现实无补，明明知道根本不可能带来现实的任何利益，可就是特认真地读下去，读得很细，读得很慢，陶醉在作家的睿智中，感到无比快乐，收获很大。1991年，我辟了一间新房做书房。定做了六个顶天立地的书架，勉强把书安顿下去。《简明不列颠百科全书》占了一层，《世界文学名著文库》占了一层半，《汉译名著》占了四层，《鲁迅全集》占了一层，《诺贝尔文学奖全集》占了一层半，尊敬的王国维、陈寅恪、钱钟书直到胡适、张爱玲、郁达夫只能挤在"经济适用房"，离当下比较近的沈从文、冯亦代、张中行、梁漱溟、钱理群只好偏安一隅。一些休闲书，王蒙的自传、章怡和的往事、铁凝的《大浴女》不知塞到哪里去。跟随我多年的《蒲宁短篇小说集》、戴望舒的《雨巷》、莱辛的《拉奥孔》、米兰·昆德拉的《小说的艺术》、郭小川的《月下集》则和朋友相送的著作，放在一起。归类总是困难。书房其实壅塞、凌乱，真用得着什么书的时候，常常找不到，弄得人心烦意乱。书放久了，会发黄，会沾灰，会被蛀虫侵蚀，甚至内容陈旧、过时。你还得时常关照。藏书，越多越好吗？不一定。

记者：您爱上阅读，您的后辈，是否又因为您的原因，也"遗传"了阅读这一爱好？

卢惠龙：不幸言中。书与日俱增，泛滥成灾了。儿子偏偏继承了我买书的基因，他买书从不手软，每月工资大抵只够他买书，几家民营书店，一有新书，就给他打电话，他放下电话，屁颠屁颠去了。现在，他在外地，是在网上购书，"当当""卓越""淘宝"都送货上门，他说还有不菲的折扣。在他离家后，我又在他的住房里，定做了两壁书架。书架刚做好时，书摆得疏疏朗朗，不久，又壅塞起来。儿子买书的习惯，越发牢固，因为诱惑实在太大。他说，中国青年出版社出了一套《剑桥艺术史》，三卷本，是希腊罗马中世纪文艺复兴的史料，来了货，能不买吗？广西师大出版社推出一套"跨世纪学人文存"，包括葛兆光、汪晖、何光沪、许纪霖（微博）一批学者的自选集，当然要买。还有那个历史学者、冷战专家沈志华，经商发财了，从俄罗斯买了一批解密档案，写了《中苏关系史纲》，由新华出版社出版了，材料新，观点新，还在凤凰卫视的"世纪大讲堂"做了介绍，这不可多得，终于买了。儿子还请人从台湾买了唐德刚的《晚清七十年》，五卷，真是秉性难移。这时候，我的藏书是多了，书房也像模像样了，潜心读书的时间却少了。公务忙，心浮躁。历史有时就是包袱。要解构读书的神圣性。读书越多虽说并不一定更愚蠢，也未必更聪明。

记者：最近在读什么书？从中的获益？

卢惠龙：这就不得不说到木心。木心的《文学回忆录》向我雄辩地证明，他是文学艺术的天才。他在现代中国文学、艺术史中，是绝无仅有的孤例。《文学回忆录》是一部个人化的讲义，是一场最丰富、最营养的文学盛宴，他对于世界文学别出机杼的讲述，驾轻就熟、举重若轻，矜矜浅笑，无时无刻不在做他的审美判断，无时不在词语间优游嬉戏。还有那个蒋方舟，年纪比韩寒还小，她新的散文集《我承认我不曾历经沧桑》（广西师大版）值得读，我读后，还推荐给几个朋友。蒋方舟是犀利的——我们的谎言是纯净的；蒋方舟是哲理的——生命画了一个完整的圆圈，老人和孩子的生命反而有着奇异的相通；蒋方舟是清醒的——作家真正的恐惧，是被"国家"所魇住；蒋方舟是广博的——马尔克斯、卡夫卡、达·芬奇、川端康成、三岛由纪夫、周氏兄弟、张爱玲、汪曾祺……被她一网打尽。我不赞成天才出于勤奋。没有天分，只有勤奋是断然不成的。蒋方舟既有天赋，也有勤奋，这就如虎添翼。最近还读了余华的《第七天》，仍然是小人物的故事，是我们周围可见的与不可见的生活。余华以祸福无常的故事情节，用魔幻现实主义的手法，抽离了人物本质，穿梭生和死这两个极致的世界，给读者最残酷和最温暖两种截然不同的感受。还有陈徒手的《故国人民有所思》（三联书店版），是一部以知识分子为写作对象，以归纳历史教训为主旨的纪实性著述。刘仲敬的《民国纪事本末》（广西师大版），是有学术野心的书，评点如同老吏断案，大识大见，妙语隽句，俯拾皆是。广西师大版的"温故"系列丛书新出了《历史的复盘》《隔代的声音》，厘清历史关节点纷乱头绪，还原民国以来文化史上诸多公案真相，从历史的投影里打捞智慧，对人大有裨益。

（本文来源：金黔在线——贵州商报）

漫谈散文写作

卢惠龙

对于散文，我没有读过诸如《散文本体论》《现代散文理论》之类的理论著作，我是凭了一己的感觉、体验上路的。

我在文学上属于游击队。游击队，顾名思义，是师出无门，不讲规矩，自由散漫，扛"三八盖"的那种兵痞。这种兵痞，打阵地战，肯定溃败。我是东一枪、西一枪的游击作风。我这种人应该是没有资格来你们这个贵州的小鲁艺来说三道四的。作协盛情，我不识相不好。

散文，是最自由的一种文学形式，比较适合我这种游击战士。

小说重要的是人物、故事、结构。我不会编故事。曾经写过一些小说，同事说，你的散文比小说好。

当然，小说和散文有时也难区分。汪曾祺的《桥头小说》，是小说吗？我们贵州何士光的《种包谷的老人》《城市与孩子》是小说吗？依我看，是散文。他们都营造了浓浓的文学氛围，尤其是语言的氛围。小说不能只靠氛围而存在，特别是长篇。

散文，既然是一种的独立文学样式，它与别的文学样式一样，不是刻苦能行的，要讲一点天分。所以我不敢随意鼓励别人创作，那可能害人。

我知道散文应有自身的思想个性与审美个性，这支持我在写作散文时也不太守规矩。

我的散文集《潇潇雨歇》的序中，张华说了一段话：

"卢兄文章行文太自由，说作品说着说着说到了作者，说这人说着说着说到了那人，说电影说着说着说到了小说，说游记说着说着说到了文学电影，说人说作品说着说着说到了纷纷纭纭的世态……不过，推敲起来，这么些人、作品、事儿，不分层次搁在一起，是不是有点驳杂，其实，卢兄根本就不在意什么体例。"

我以为，写作散文，一定要进入一种自由的状态。这可能是传统文学教材说的"散文贵散"。

传统文学教材还说"散文忌散"。

我在写作时，不管再浮想联翩，涟漪泛起，但总围绕一个"核"，核心的核。

我以为，没有这个"核"，作品就重不起来，散淡的浮想就飘浮了，沉不下去，就没用了。

徐文中值得注意的两个词汇，一是板结，二是满弹。我觉得这说得很明白了。

文学，归根结底是语言的艺术。语言对小说散文一样是首位的。

包括贵州有两位老作家，写作是"一次过"。什么叫一次过？就是写了不会回头再修改。我对此，不以为然。

老贵州作协主席何士光写作梨花屯的系列作品时，是在琊圳的煤油灯下，晚晚在稿纸上"巷战"，常常涂抹得自己也分不清了。何士光的成功，是天分加勤奋。

充分重视自己作品的每一句话、每个用词，甚至每个标点，这是写好散文的基本功、基本态度。

"罗大佑和李宗盛才气迫人，余者皆望尘莫及，可谓双璧。罗大佑体瘦，李宗盛体胖。罗大佑气质似老杜，沉郁而有担荷；李宗盛似太白，灵动而有高致。罗大佑尽关注重大命题，李宗盛更爱写凡人歌。罗大佑是基督情怀，李宗盛多酒神精神。罗大佑似儒，李宗盛近道。李宗盛倜傥，罗大佑痛切。李宗盛就巧，罗大佑求拙。"

看看，用字如用兵，行文如列阵，短促、铿锵，内力浑厚而绵长，给人无比的阅读快感。

"浮世绘的一大好处是有分寸，享乐而节制。因而是黯淡的，是瓷的，是缺的，是敦厚的，是手的，是熄灯的，因而是，日本的。"

大凡细心的读者，一下就可能被这种叙述所吸引。黯淡的，瓷的，缺的，敦厚的……这种语式，这种排列，很独到，很匠心，很饱满，也很才气。"因而是"后面的那个逗号，是一种停顿，构成一种语感、一种节奏。作者具有相当的文字功力。

比较而言，我喜欢蒙田随笔，他是法国文艺复兴后最重要的人文主义作家，也是一位人类感情冷峻的观察家：

　　　　　　我想永远放弃快乐。因为他已不在这里分享我的生活。

　　　　　　岁月可以把我带走，但是我却要让它倒着流！

我喜欢屠格涅夫的《白净草原》，那个掉队的旅行者，走入林中一片空地，看见了篝火，篝火边坐着一个汉子，两个素昧平生的人，谈了一晚上。

我也喜欢，1942年出生福建的董桥先生的散文，他的《听那立体的乡愁》《读园林》《凯恩斯的手》《镜子里的展望》，看他的书名，就知道他绝非心如止水，拈花微笑的禅僧。董桥，有一次，写嘉宝从美国回到家乡瑞典，走出火车站的场景。他这样描述："瞬间，嘉宝穿着骆驼毛大衣步出火车站，苍白的脸透出一丝枯槁的残艳，罗兰·巴特说的幽情的线条、毁灭的预兆。"一丝枯槁的残艳，这就是董桥常用的语调。董桥有资本，他有厚实的功力和灿烂的背景。他在伦敦大学亚非学院做过研究，是香港一所大学的语文顾问。他的散文，雄浑风雅，兼有英国散文的渊博隽永和明清小品的情趣灵动。华东师范大学的陈子善先生说：请你一定要看董桥！

我也喜欢我们贵州已故作家李起超的文字。他写的《第一钢琴奏鸣曲》："琴房里没有人的时候，他溜进去坐在琴凳上，屏住呼吸打开了琴盖，白色的大地上，凸突着黑的群山，黑色凹下去幻成茫茫一片白，太极生阴阳，浩荡孕万千。36个黑键52个白键下边就蕴含着那无有穷尽的生命密码，他颤抖着把手指敲下去，久久地听着那从冥冥虚无中传来的回响……"他写在雕塑家的眼里，年轻的石工大坎那光滑的皮肤像古铜色的绸缎一样绷紧，胸大肌像两块对峙着的高原铺开、结实的腹肌和前锯肌，丘陵一般优美。文辞之潇洒，色泽之浓郁，气势之浩荡，都不可多得。

我引述的这些文字，我相信不是"一次过"而能产生的。

要写好散文，都拿出绝活，必须在文字上下功夫。

"花开了，就像花睡醒了似的。鸟飞了，就像鸟上天似的。虫子叫了，就像虫子在说话似的。一切都活了。"这就是萧红体。还有，比如，走吧！还是走。若生了流水一般的命运，为何又希求着安息。萧红体就这样。

她让我们满心欢喜地感受着萧红作品那捂热了呼兰河的温度。

真实率性的萧红，本来就是一片广袤、葳蕤、肥沃的原野，只要有一点儿风，就可以把她蕴含的清香吹拂出来。

她的文字都是从内心喷发出来的，热烈而抒情，潇洒而干净。这些文字又如散落的珍珠，四处零落，散发着各自炫目的光泽，串在一起，就是一条璀璨的珠链。她毫无心计，随手写来，不顾什么小说技法、规矩，没有严格意义上的逻辑关系，甚至没有什么精巧的布局，如悬崖上的花自在地开，如山涧的泉水恣意地流。

她的《生死场》开篇第一句话是"一只山羊在大道边啮嚼榆树的根端"，犹如欧洲的艺术电影画面。

萧红写作是以自身为原点，像烈日之下，东北广袤的野地里，大豆不停地乱蹦乱跳，接二连三地蹦出豆荚，颗颗都是绿色的、纯净的。她独来独往，柔嫩而坚强，敏感而大气，细腻而豪迈，忧郁着，更热情着，用最宽阔的心灵包纳人世，把最深痛的体验诉诸文字，带着她青春的热情，铺展开她内心最为澄静的一片海域。她的原生态叙事，竟然与西方现代文学的共鸣，血脉也几乎相通，这是罕见的、巨大的成功，使她不自觉或不经意间抵达巅峰。

有熟悉我的朋友说我对张爱玲情有独钟，这不假。对这位祖母级的佳人，我深深被她的文字吸引。她16万字的自传体的《小团圆》写道：

过三十岁生日那天，夜里在床上看见阳台上的月光，水泥栏杆像倒塌了的石碑横卧在那里，浴在晚唐的蓝色的月光中。一千多年前的月色，但是在她三十年已经太多了，墓碑一样沉重地压在心上。

残墙般斑驳的质地给人久远、厚重感，其间又兼有精致、高贵、幻灭。只有情绪，没有实录，可以触摸，可以感受。对于文学，我们要的是一个故事还是一种情绪，要的是一种传达还是一种感染呢？这里自然就暗藏了许多的分野了。

她还写道：

九莉快三十岁的时候在笔记簿上写道："雨声潺潺，像住在溪边。宁愿天天下雨，以为你是因为下雨不来。"

这短短一行文字，浓缩了九莉多少期盼、无奈、自慰的微妙心理呢？包含多少她与燕山的情爱和虚幻呢？

"两脚悬空宕在树梢头，树上有一球球珍珠兰似的小白花，时而有一阵香气浮上来。"

"九莉觉得不这么说不礼貌，但是忽然好像头上开了个烟囱，直通上去。隐隐的鸡啼声中，微明的天上有人听见了。"

"那痛苦像火车一样轰隆轰隆一天到晚开着，日夜之间没有一点空隙。一醒过来它就在枕边，是只手表，走了一夜。"

"日光里一蓬一蓬蓝色的烟尘，一波一波斜灌进来。连古老的太阳都落上了灰尘。"

张爱玲的书里所有细节都惨痛着，文字近乎凌厉。她识破了别人的爱，也目睹了自己的爱的破败。《小团圆》的凉薄，像下雨的冬天，阴冷潮湿，骨头缝里向外发散出丝丝寒气。

卢惠龙散文选讲

99

这就是张爱玲和她的笔调，令人不得不起敬。

至于立意，文学艺术最大的可爱，就是她才是进出心门的真正通道。面对复杂的人性和无常的人生，宗教太多神圣说教，哲学太多理性分析，知识体系太多冰冷的固态。只有文学艺术，不是说教，不是分析，不是灌输，而是复杂人性和无常人生本相栩栩如生的呈现和观照。文学会帮助你爱，帮助你恨。怀着悲伤的眼光，看着不知悲伤的事物。凡是纯真的悲哀者，都尊敬。人从悲哀中落落大方走出来，就是艺术家……一般来说，散文不宜负担太沉，以小见大，固然可以。最好从个人比较独特的感受生发开去。不同寻常的表述，发自不同寻常的命运体验。散文文本与作者就是这种关系。

"由南而北的横断山脉长岭脚下，有一些为人类所疏忽所遗忘的残余种族聚集的山寨。他们用另一种言语，用另一种习惯，用另一种梦，生活到这个世界一隅，已经有了许多年。"沈从文毕生致力于为这样一个人群立传，娓娓道出他们的种种故事，把一种远离我们庸常状态的至纯至诚的生活和梦幻，在一段段清新的文字中带到我们面前。

"人类的关怀永不落幕。"沈从文的悲悯情怀就是一种人文关怀。有悲悯，才有救赎，才有和谐。道理很简单。

以萧红而言，她充其量算个高中生，没有精读中西方的经典名著，没有受过系统的文字的训练，可文字天然灵秀，带着原野和丛林幽谧的青草味，似熹微般柔和的光线，晕染着灰暗的晨昏；既有史诗般的辽阔旷远，又有低微心绪弱弱的"悄吟"。木心说生命的剧情在于弱。萧红说"女性的天空是低的，羽翼是稀薄的，而身边的累赘又是笨重的"。木心还说，弱出生命来就是强。木心这话原是献给硬汉海明威的。萧红在低低的天空下，敏感脆弱却又不乏男子英气，叛逆地书写，把现实低矮压抑窒息的空间，用文学的力量撑得很高。这就是强。

汪曾祺的散文，特别轻松自在，不追求题旨的深奥宏大，也没有结构的苦心经营，他写风俗，谈文化，忆旧闻，述掌故，寄乡情，花鸟鱼虫，瓜果食物，无所不涉。《端午的鸭蛋》《五味》《多年父子成兄弟》《跑警报》《吴大和尚和七拳半》《晚饭花》，平淡质朴，娓娓道来，如话家常；这是一种原汁原味的"本色艺术"。他的匠心深藏不露，行文在不经意间夹杂一丝丝隐秘的幽默，让读者嘴巴一咧，会心一笑，无意间把文章提升到了另一个层次。创造真境界，传达真感情，乃作者本意。文如其人，汪曾祺散文的平淡质朴，不事雕琢，缘于他心境的淡泊和对人情世故的达观，与超脱，即使身处逆境，也心境释然。他的叙述就像是潺潺流过的河水，不喧闹，不沉闷，不因人事而变。"文革"之后，他有《大渟记事》问世，非常自然。

　　我的散文观有遗老倾向，具有前瞻性的年轻朋友完全可以扬弃。当下，人们忙着微信刷屏，你们为坚守人文关怀而写作，贵州绵绵山雨之中，你们坚持着体验和思考。你们就在那儿，在崛起的大中国偏僻的西南一隅。这是绝对的荣耀。

卢惠龙散文选讲

潘鹤散文选讲

作家简介

潘鹤，水族，本名潘光繁，贵州三都人。中国当代作家，中国高校中文系教师；中南民族大学中国唐宋文学专业毕业，研究生学历，文学硕士。其在中学时代，就开始发表文学作品；大学时期是《深院梧桐》杂志的创办人之一；系中国作家协会会员、中国少数民族作家学会会员、贵州省作家协会会员。迄今为止，已在《人民日报》《民族文学》《中国民族报》《经济信息时报》《贵州作家》《当代教育》《安徽文学》《贵州民族报》等国内各类传媒上发表文学作品260余篇，著有《韶华倾负》《千山是雪》，合作主编了《中国水族文学作品选》。

选讲作品

多年怀念变清愁

父亲节快要到了，独自徘徊在校园林荫小道上的我，多想买一束鲜花亲手送到父亲那寥落的坟前，来祭奠我那早逝的父亲。残阳如血，我仰望着西边炫目的晚霞，思绪像一个楔子穿越十三年的时空朝着岁月的深处滑去……

时间如捧在掌心的细沙，十三年的岁月在不知不觉中穿指而过。光阴带走了人间多少的沧桑和浮华，岁月捎去了流水的故事，改变了世间的每一个人。都说，时间可以冲淡千种情愁，散尽万般伤痛，然而我对父亲的怀念并没有因为时间的流逝而消失，随着岁月的递增，怀念的感觉却在心头肆意地疯长，如藤蔓，越长越茂，愈缠愈紧。

我出生时，父亲已是不惑之年，中年得子，他颇感欣慰。记忆中，父亲对我的爱总是慈祥多于严厉。三年后，母亲撒手归西。当幼小的我哭喊着扑向母亲的遗体时，一生坚强的父亲当着众人的面，任泪水肆意地流淌。母亲走时，我才三岁，这些场面在我的脑海中几乎没有什么印记，即使有也极为模糊。直到多年后，姐姐告诉我，才知道坚强的父亲也有流泪的时刻。

少年丧父、中年丧妻和晚年丧子是人生的三大打击。父亲幼年就遭到丧父的痛苦，刚步入中年，又逢丧妻的隐痛。

祖父因拥有几十亩田地，中华人民共和国成立后被划为地主，后郁郁而终。"地主"这顶帽子并没有随着祖父的死去而进入坟墓，而是作为主要遗产留给了父亲。父亲带着"地主崽子"的身份到处受人排挤和歧视。天资聪颖，成绩向来优秀的父亲，迫于生计，小学四年级都没有读完，便过早地离开了他心爱的学校，进入修路队。从此，十几岁的父亲便与那些成年男子一起闯南走北，四处奔波。

十年浩劫，凄风苦雨的日子里，作为"黑五类分子"的父亲和祖母受到了沉重打击，忍饥挨饿的岁月，精神和肉体还要承受那永无休止的侮辱和折磨。

父亲十五岁那年，家乡突发大旱，乡亲们食不果腹。一个有着凄风和淡月的夜晚，思母心切的父亲，趁人不注意溜出修路队。一路翻山越岭，七八十里的山路硬是被他一程程地甩在身后，黎明时分，当父亲从衣兜里摸出一路连挖带刨弄来的红薯递到祖母手中时，望着黑瘦、疲惫的儿子，病榻上的祖母抱着十几岁的父亲泣不成声。

过后不久，祖母在贫困交加中死去。多年以后，父亲还一直庆幸自己在祖母去世之前还能见到她最后一面。我八岁那年，父亲曾经告诉过我，那一夜，在翻过一座山岭时，他连接遇上三四个饿死在路边的饥民，只是不忍心告诉祖母，怕她更加难过。

与父亲一起走过的岁月，是我快乐的童年时光。

记忆中，月朗星稀之夜，常常依偎在父亲宽厚而温暖的怀里，听他给我讲那些永远也听不完的故事，不知不觉中，就会悄然进入梦乡。沉迷在故事中的我曾痴迷地问过他，牛郎和织女生下的那一双儿女是否已经长大？梁山伯和祝英台化作的那一对蝴蝶是不是白天我在后院看到的那两只？看着我百思不得其解的样子，父亲用他那宽厚的掌心轻抚着我的小脑袋，随后发出的朗朗笑声，在寂静的夜里，飘得很远很远……

雷雨交加之夜，古老的木屋四处漏水，将铺满稻草的床铺全部浇湿，半夜醒来，发现父亲躺在长桌上缩成一团。才知道父亲将仅有温暖的一角留给了我，而自己却……

潘鹤散文选讲

父亲爱书，劳作之余，他常常教我读家里仅有的《增广贤文》和《三字经》，因为这个缘故，还没有到上学的年龄，我便将这两本书背得一字不差。时至今日，每当翻开那两本旧书，暗黄的书页便会发出陈年而久远的气息，童年的一幕幕就如潮水般汹涌而至。

记忆里，童年的天空总是很蓝，日子过得太快，快乐的岁月如划过天幕的流星，转瞬即逝。

有父亲陪伴的童年，我过着无忧无虑的岁月。

六岁那年，寨中的一位老人去世了，我不知道"去世"是什么意思，于是便常常去问父亲，非弄出个所以然来不可。我觉得死亡是一道神秘的面纱，总想去揭开。也许是我过早地探索关于死亡的缘故，才引来命运对我诸多的惩罚！人生何处不充满着冥冥中早已定下的预谶呢？多年后我一直这样想。

父亲是个农民，一辈子都离不开农活，那年早春，父亲在劳作时常常感到异样的乏力，他以为这是小病，挺一挺就过去了，直到有一天昏倒在地头，才被送往医院。

没过几天，父亲就回来了，这一次他的面容憔悴了许多，但显得异样的镇定。以后的夜晚，父亲常常坐在我的身旁，默默地看着我做作业。

听别人说父亲得的是肝癌，而且是晚期。可惜那时的我不知肝癌是何物，以为那是一种普通的病，过一阵子父亲就会好起来的。

谁知父亲的身体一天天地衰弱，没有一丝恢复起来的迹象。出不了门的父亲常常倚在窗前，望着那片他曾经辛勤劳作过，如今已变得一片绿油油的稻田，然后就会陷入不可名状的沉思。每每此时，我就会偎在他的怀里，父亲一边轻抚着我满头的乱发，一边细细地整理着我的课本。我问父亲：他的病什么时候才好？大段大段的沉默之后，父亲说他过一阵子就会康复，然后就要去一个很远很远的地方。我问去哪里，父亲说去天堂。我欢呼雀跃：我和您一起去！父亲突然推开我，满脸严肃地说，天堂是不会收留小孩子的……

遥远的天空一片蔚蓝，父亲病前曾经告诉过我，那就是美丽的天堂。所以我一直很向往，希望自己有朝一日能够走进那片美丽的地方。

那时的我年幼无知，体会不到父亲心中那份痛切肺腑的悲凉。夜里，父亲痛苦的呻吟持续不断，我常常在睡梦中惊醒，这样的日子一直延续了好几个月。

那一年的七月三日，是期末考试的日子。那天我特地起了个大早，那是个大雾弥漫的清晨。病榻上的父亲叮嘱我：好好去考试，还说自己轻松了好多。父亲没有骗我，看上去他的脸色比以往多了些许的红润。

多年以后，我才知道，那是父亲临终前的回光返照。只是当时我并不明白，否则我一定会守在病榻前，陪伴着父亲走过他生命的最后旅程。

生离是一种痛，那么死别呢？我不知道。堂嫂说，父亲临终时还一直呼唤着我的名字……

或许那天早上父亲已经知道自己的生命即将步入终点，支开我，是因为无法忍心看着我那茫然无助的双眼。

人生中有时形成的缺损和破洞，大多时候不可弥补。

那天的考试，我发挥得极好。回家的路上，我一边踢着路边的石子，一边想着如何将自己的喜悦告诉父亲，因为我幼时的成绩向来都是他的骄傲。迎面匆匆走来的堂哥对我说，快点回家，别太难过……

一种不祥的预感瞬间涌满心头，还没有等堂哥把话说完，我已撒腿朝家的方向狂奔……

揭开覆盖在父亲遗体上的黑布，看见的是苍白而消瘦的脸庞，两只深深凹进去的眼窝陷在没有一丝血色的面孔上，我使劲摇动着那只曾经无数次地牵过我的瘦骨嶙峋的手，可惜它早已变得冰冷。我死死地盯着父亲那张熟悉得近乎陌生的面孔，呆呆而立，良久，泪水才顺着脸颊悄然滑落……

没有父亲的岁月，我像一匹迷途的小马。十岁的我面对生活这张严峻的大网，显得茫然无助，人生之路只能依靠自己去探索。长大后，每当回首往昔时，才发现自己比同龄人走了过多弯曲的路。人生啊！如果能够重来一次，我是否会明白生活的重点，不再蹉跎岁月，荒废年华！

幼年丧父，是人生的一大悲哀，多年后，我才体味到这句话的含义。

父亲过早的离去，幼小的我如稚嫩的羔羊，时常沦为顽劣少年欺辱的对象。邻寨一个大我七八岁的少年常常在上学路上将我拦截。他身强力壮，瘦弱的我除了挨打的份儿，什么都没有了。我也不知道自己为何从不认输，也不会哭泣，哪怕他将我弄得灰头土脸，尽管当时心中怕得要命，却从来没有向他求饶过。每一次被欺辱过后的黄昏，我都会跑到父亲的坟头，踯躅在坟前的我，遥想着那个宁静的午后：阳光下，父亲轻抚着我的乱发，目光怜悯而慈祥。我埋头饮泣，久久不舍离去，父亲与我近在咫尺，却阴阳相阻，他是再也无力守护自己留在人间的儿子了。

回首往事，对那少年早已没有恨恨的感觉，却在自己的心头留下淡淡的

潘鹤散文选讲

忧伤。长大后，我时常觉得自己倔强而固执的性格与幼时的生活经历有很大的关联。于是常常在午夜时分对着苍茫的夜空痴痴地问：父亲啊！如果人生中有您的守护，儿子性格是否会多一些温顺，少一些倔强？如果人生里有您的陪伴，儿子的性情是否会增添几许随和，去几分固执呢？

走过那片原野，再翻过一座小土坡，便来到父亲的坟前，没有一块碑谒的土坟杂草丛生，多是没有来扫墓了。风过处，坟上的杂草飕飕作响，显得别样的凄冷，燃上一炷香，再将一杯水酒浇在他坟头，然后看着那缭绕的青烟随风静静地飘远，默默地祭奠父亲那早逝的亡灵。还记得"树欲静而风不息，子欲养而亲不待"是《韩诗外传》里的两句话，物是人非的今天，无数美好的过去，是再也唤不回来了。人生在世，有时候往往是身不由己，对于经常四处奔波、居无定所的我而言，这一略表对父亲怀念的祭奠，在今后的岁月或许都会变成一种奢望，想到此，不禁潸然泪下。

水流无形，人生无常。

一生辛劳，正直的父亲，生前四处奔波，历尽沧桑，死后却是如此的寥落。蓦然回首，我未有丝毫建树，时隔十多年，方写此文来寄托对他的一片怀念，深感愧对父亲的养育之恩。

遥远的天空一片蔚蓝，那是父亲的天堂。

天堂里，贫寒的父亲，您会幸福么！

作品鉴赏

《多年怀念变清愁》是中国当代作家潘鹤的作品。这是一篇质朴无华、情真意切的回忆性的散文。文章中体现了父亲对儿子的无限关爱之情，以及作家对父亲浸入骨髓般的深沉怀念。该文用温存的笔触细腻地描述了父亲的性格，语言纯朴而深沉。字里行间全是浓得化不开的怀念之意；结尾处，一声叩问，平淡之中，汇成感人至深的艺术冲击力。

守望着那个凤凰羽毛般美丽的地方！

记水族青年作家潘鹤

袁 梅

那一次，几个研究生同学聚餐，大家闲谈世事人情，席间有一人谈吐间，呈现出十足的风趣来，他的观点聪慧哲理又独到新颖，轻易地就引得了大家的共鸣。我觉得好奇，就问旁边的同门师兄，这是谁？师兄悄悄地告诉我，这就是文学院的潘鹤。我想起去年从师兄那里看过潘鹤写的书，脑海里突然浮现出他那本《韶华倾负》来，我前几个月就通读过潘鹤那本厚重的书，如今又在饭桌上耳闻目睹着他的谈吐，我心中感到非常惊讶，如此深刻独到的人，内心深处竟然永恒地孕育着那一颗温厚纯良的心，我接下来想或许正是因为这样的质地，加上先天的禀赋，以及后天的经历，才使得这个自贵州三都的潘鹤能够以文字的方式深切地表达出人心与世态的情景吧！潘鹤不浮华，他是一个用文字表达自己实力的青年作家。

我没有到过贵州三都，但通过潘鹤的书，我了解到他的本名叫潘光繁，是土生土长、地地道道的水族人。他身上的质朴和坦荡，让我久久地对孕育着他生命的土地怀有一种强烈而又亲切的感觉，于是借着开车送他去江汉大学给学生上课的时机，通过谈话的方式，结合他的书，我终于了解到他文字背后的一些经历。潘鹤笑着对我们说："我是一个生活在城市的农村人，人在城市，根却在农村，以前的经历和遭遇全是命运馈赠给我的厚礼。"面对着他坦然的心境，我和另一个同学相视而笑，我们说这才是真正的潘鹤。

20世纪80年代，潘鹤出生于贵州三都县三洞乡一个叫达善的偏僻山寨里，他来到人间时，父亲已满四十岁了，潘鹤的降临，使这个缺少男丁的农民家庭格外高兴。可潘鹤的命运却并不是那么的一帆风顺，潘鹤三岁那年，母亲因为难产而离开人世，这给潘鹤留下了最初的伤痛。岁月没有停留，它永恒地朝前走去，在日出日落中，伴随着山里时光的流逝，潘鹤慢慢地长大了，他年幼时聪明刻苦，学业优秀，渐渐地，就成了父亲心中唯一的寄托。可好景不长，潘鹤读到四年级的时候，积劳成疾的父亲又猝然地离开了人间。在命运这种摸不着看不见却呈现出巨大断裂与硬生生的创伤面前，少年潘鹤将悲苦隐藏在心中，他跟随继母相依为命，艰难度日。少年穷苦困窘，上学之外，就是砍柴、放牛、割草，不幸和贫穷养成了他坚韧执着的性格，继母的包容和爱护又使早早地失去双亲的他感受到了人世间唯一的温暖。

由于家庭清贫，读书期间，为了生活和学费，潘鹤曾经到山里采过方子，去工厂做过车工。高三寒假，为了筹集学费，他曾南下广东遂溪卖苦力，在农场里给人家砍甘蔗。

由于命运的经历，使潘鹤心理比一般同龄人成熟要早得多，他比别人更能过早地体验到人生的真实状态和世间的风霜雨雪，孤独、无助，让潘鹤迷恋上了阅读和写作，阅读能够让他的忧伤得到暂时的遏制，而写作又能够让他的灵魂得到短暂的栖息，广泛的阅读加上对人生的独到的体验，中学时代，潘鹤的文学才情展露出来，这个时期他开始在文学期刊上发表作品。

大学时代他是校刊的主编，毕业后，潘鹤回贵州三都民族中学任教。工作之余，他把大部分时间用来阅读、写作，潘鹤说："在阅读的世界里，如果我们溯流而上，从现代文明走到殷商文化，在一条叫文学的河流里，我们寻找到一种具备普世价值又能触及生命、拯救当今灵魂迷失的良药。"

人生的意义在于永恒地追求心中最为真切的梦想。当了两年的高中教师后，潘鹤考入中南民族大学文学与新闻传播学院，就读中国唐宋文学专业，师从中国知名学者罗漫教授。

潘鹤的文学创作，是其灵魂飞翔的影子。在他的笔下，文字就是一个个精灵，带着天使的翅膀，从指尖缓缓流出，它们用永恒的穿透力，以饱满的身姿和诗意的面容亲近人的心灵与思想，这种文字表述，与诗词有内在的关联，也可能是潘鹤考研究生时一定要填报中国唐宋文学专业的根本原因吧！他因为灵魂钟爱，所以不管世俗看法，始终地选择了心中所愿、执着向前的方式。

关注社会，洞察民生，勤于思考，笔耕不辍，是潘鹤的一种生活方式；一分耕耘，一分收获，迄今为止，潘鹤已在《中国民族报》《民族文学》《经济信息时报》《当代教育》《贵州作家》《安徽文学》《贵州民族报》等各类传媒上发表文章260余篇，著有26万字的散文专著《韶华倾负》（中国文联出版社出版，2012年6月）。其2006年创作的《我的三个母亲》，2012年获政府文艺奖，作品《父亲的记忆，我的河流》收录于2013年《中国五十六个民族作品专号》。

潘鹤2012年出版的散文集《韶华倾负》是水族地区第一部以自己人生历程为线索，用以表达自己民族生存状态的散文集，全书收集作者157篇文章，共计470余页，无可否认的是潘鹤怀有浓厚的恋土情结，他在自己的散文集自序里对故乡念念不忘："来自大山深处的我，在远离故土的城市追寻一种遥远的幸福。可我终究无法忘却背后的故乡，那里山明水秀，那里淳朴善良，遥远的记忆在我心中最为铭刻，它给了我源源不断的想象和温暖，无可避免地我文字的一切表述中，都深深地烙上关于桑梓的印记。我在城市里，在高楼林立的建筑物中栖息。清晨，我打开窗户，遥望远方，那里的池塘边，水葫芦开得正旺，蜻蜓飞过时，它们在风中呢喃。"

2010年，中央民族大学文学博士、中国作协旗下的《民族文学》杂志编辑杨玉梅在《坚守与超越：2009年民族文学阅读启示》中这样说："对生活的热爱和艺术想象可以让作家永葆天真稚气，而对生活的深度认识与思考又能让年轻人走向深沉、成熟与睿智。70后作家继承上一代作家的生活积淀与思想传统，又在新时代的文学氛围里求索，成为新世纪少数民族文学的生力军，更有80后90后年轻作家脱颖而出，为新世纪少数民族文学的发展注入了新鲜的血液。在年青作家的艺术想象与创作实践中，文学主题不仅仅是青春与浪漫、爱情与梦想这些与其花样年龄相仿的内容，更有生存的艰难与生命的重荷，形式的追求中不但有诗意的抒怀，更有深沉的哲思和灵魂的叩问，潘鹤的散文充满着生命的苦涩与爱的温暖，动人心切……"

2011年，中国著名作家、中国作协《民族文学》杂志主编叶梅在《不断崛起的中国多民族文学》中评论："新世纪10年以来，逐渐丰满壮阔的中国多民族文学，越来越呈现出令人不能忽视的斑斓，业已成为中国文学中一个非常重要的存在，也是在全球经济一体化的背景下，中国文学向世界表达中国文中国多民族的文学版图除了文学的载体和多种生产方式之外，更体现在民族的多样性。我国少数民族中一直不乏对文学的执着追求者，他们成为各民族的代言人，如普米族的鲁若迪基、曹翔，德昂族的艾傈木诺，毛南族的孟学祥，京族的潘恒济，撒拉族的翼人、韩文德、韩栗，保安族的马学武，水族的潘会、潘鹤，鄂伦春族的空特勒，鄂温克族的敖蓉、德纯燕，俄罗斯族的张燕，畲族的山哈，独龙族的罗荣芬，拉祜族的李梦薇，高山族的林华……"

人生之路，正因为曲折才能丰富多彩。自信自强的人，把挫折踩在脚底，把忧伤埋在心中，执着向前的心，总会达到愿景之山。2013年2月起，潘鹤，这位从贵州山区走出来的水族青年开始执教于江汉大学，我们坚信在大学讲台上，以潘鹤的坚强和执着，他就一定能够勾勒出一幅全新的人生图景。

潘鹤散文选讲

周其常散文选讲

作家简介 ✒

　　周其常，贵州沿河人，1968年生，1985年10月入伍，长期从事军事新闻宣传工作，本是武人身，却向往把文字当作远行的路。军旅生涯32年，先后荣立6次三等功，两次二等功，被云南省授予"鲁甸抗震救灾先进个人"荣誉称号，被联合国驻黎巴嫩维和部队司令部授予"和平荣誉勋章"。有70余件新闻作品在《人民日报》《解放军报》《战旗报》等军地媒体获奖，在《解放军文艺》《萌芽》《边疆文学》《西南军事文学》《云南日报》等报刊上发表各类文学作品260余篇。上校军衔，云南省作家协会会员。

选讲作品 ✒

母　亲

　　母亲是一个典型的农村妇女，没有上过学，除了歪歪扭扭能写出她的名字何秀英三个字外，其他大字不识。但她却是一本无字的书，教会了我们如何面对苦难、面对生活，以及如何为人处世。

　　母亲的一生，是含辛茹苦的一生，为了养活我们几姊妹，自我们有记忆以来，瘦小体弱的母亲，似乎从来没有离开过那把笨重的锄头和那根磨得又光又亮的扁担，她留给我们的永远是面朝黄土背朝天的身影。母亲的一生还是令人心酸的一生，尽管她与父亲先后生下了我们两男四女六兄妹（一个妹妹两岁时不幸夭折），但由于父亲生性脾气暴戾，动不动就对母亲和我们几兄妹拳脚相加，而母亲为了更好地保护我们，她不得不吞下所有的苦和遭受父亲的打骂。她的一生是忍让的一生，是在苦水中浸泡的一生。她一心为儿为女的付出，以及没有享过一天清福的苦楚，是如今都已成家立业、过上幸福安康生活的我们兄妹永远的心痛。

据母亲早年讲，我从小是个"病秧子"。母亲生我时，正逢60年代生活最为艰难的时期，由于那时大人连填饱肚子都很困难，导致我在胎中营养不足，生下来又瘦又小，哭声如猫叫。一岁前，母亲把我抱到哪里，苍蝇就如同乌鸦嗅到了腐肉般围攻到哪里。白天母亲随村民们集体到地里干活，为了多挣工分，母亲把我塞进背篼里往地边一放，往往半天也顾不上看上一眼。而我如一片焉叶般蜷缩在背篼里，半天不会哭叫一声。见我奄奄一息的样子，不少大叔大娘安慰我母亲："唉，养不活就算了，就这个小猫仔样子，恐怕今后也养不成啥气候。"可母亲却从没有一丝放弃。她奶水不足，白天夜晚一有空，就厚着脸皮抱着我去同村那些正在喂孩子奶的大娘、嫂子家串门，求人家喂上我一口。我羸弱多病，眉眼不开，她四处寻找偏方，请阴阳先生为我喊魂。凭着她的不离不弃和药罐子，我逐渐恢复了健康。

稍大时，病魔又无情地纠缠我，让刚刚魂兮归来，开始成长的我又患上了一种罕见的疾病——全身长脓疮。可恶的脓疮，初长时如黄豆般大小，大的如古时的银圆，恶痒剧痛，遍布全身。边治边长，此消彼长。少时几十个，多时上百个，小的红肿化脓，大的往深处溃烂，清洗时可以看到手臂和大腿上的森森白骨。家里穷，买不起什么好药，全靠寻找民间偏方治疗，什么蝙蝠屎敷、蜈蚣泡酒擦等等，但始终不见好转。见我每天痒痛难忍，脓水不断，母亲听说地里有一种叫苦蒿的植物，其味巨苦，虽然不能治好脓疮，但可以以毒攻毒，短时止痒止疼。母亲不顾苦蒿的巨苦，每天从地里扯一把回来，一把把塞进嘴里，嚼烂后一一敷在我的脓疮上。而每次敷完苦蒿，母亲不仅要口舌麻木好一阵子，而且因苦水常常反胃，蹲在地上干呕半天。

有一年，可恶的脓疮越长越多，溃烂也越来越重。在我右脚膝关节正背后的拐窝处，形成了巴掌大的一片溃烂区，导致右腿无法伸直。经过几个月治疗，溃烂慢慢好转、结痂。然而没想到结痂时，又带来了新的问题，由于该患处长时间无法伸屈，好转后新长出的肌肉像一条条筋索，紧紧地把大腿和小腿拉扯在了一起，让我根本无法伸直站立。

一天傍晚，父亲酒气熏天赶场回来，见母亲正在给蜷缩的我擦药。二话没说，上前一把如抓青蛙般提起我的右腿，于是一手按住我的大腿，一手扯起我的小腿，用力一掰，只听"嗞"的一声，肌肉撕裂。我痛昏了过去。面对残忍的父亲，母亲不敢有半点怒愤，过了一会儿才敢上前抱我，一边为我止血，一边撕心裂肺地痛哭。

第二天，天刚蒙蒙亮，母亲提着前一天从邻居家借来的10个鸡蛋，背上我翻山越岭去十多公里外的晓井村，找当时在乡里小有名气的赤脚医生蔡正权给我治疗。那时，家乡生态还较为原始，随时可见豺狼、豹子、野猪等，当时又是家乡满山遍野的苞谷抽穗季节，母亲背着我一出门，就像走进了原始森林。穿行于阴森的苞谷地和丛林小道，母亲本也心惊胆战，再加之林间偶尔一声兽叫鸟鸣和风吹草动，母亲吓得全身发抖。为了缓解恐惧，她一边走一边不停地跟我搭话："幺（老家爱称），你要好好的哈！""幺，你看路边那朵花开得好好看啊！"而一开始，我还能有一声无一声地回答她"哦"，可到后来，我的回应声气如游丝，越来越小，往往要母亲叫上好几声，才能勉强发出一点声音。母亲感到情况不对，放下我一看，见我脑袋耷拉在背篓里，虽然在她"幺，幺，幺"的呼叫中，能发出梦呓般的回应，但眼睛却未睁开。母亲见我身如游魂随时可能断命的样子，吓得半死，从背篓里抱出我，紧紧抱在怀里，一边摇晃着我，深一脚浅一脚地不顾一切往晓井赶，一边不停地呼唤着我："幺，你不能睡哈，幺，你醒醒……"就这样，母亲用她那最原始和本能的母爱，让一颗早该萎谢的病秧子慢慢醒了过来……

那个年代，饥饿是我们那代人感同身受的最难忘的，在我们村，当时许多人家在产粮断档季节，全靠同村人你家一碗苞谷，他家一撮红薯救济挺过难关。但令人欣慰的是，我们家虽然也张着几张随时嗷嗷待哺的大嘴，但由于母亲节衣缩食，精心调剂，以及不分白天黑夜在土地里的辛勤劳作，我们虽然不是每顿都有粗粮能吃饱，但每顿苞谷稀饭、酸菜红薯汤等倒也能按时填充肚子。

记忆中，母亲就是我们小时候望眼欲穿的"口粮袋"，只要母亲出门归来，她那满是泥土的补巴裤包里，总能摸出一两样能吃的东西来。有时是几枚生涩的野果，有时是两条拇指粗细的红薯，有时是一节生萝卜，有时是几根如甘蔗般甘甜的苞谷秆。母亲千方百计地把我们喂饱，而她自己却常常饿得淌清口水，也舍不得多吃一嘴。

那时我们一家人往往半年也吃不上一口肉。要吃一顿做梦都想吃的肉，除了过年时买几斤肉熬油后，剩点油渣可吃。还能吃上肉的就是同村人或远亲近戚举办红白喜事摆酒席。家乡摆酒席，有一道人人眼睛都瞪绿了的主菜，也是唯一的一碗荤菜——坨坨肉。它虽然只有豆腐果一般大小，但经过厨师一阵煎炸炒炖，端上席来时，飘荡的肉香更加让人馋涎欲滴。当然虽说是酒席，但肉也不是想吃就能敞开吃的。家乡酒席有规矩，肉每人只有两颗，且厨师在舀肉时也是一颗一颗细心数过的，每桌8个人，一碗肉共16颗，不多不少。大家坐上酒席，往往都是先吃其他素菜，到最后才由同桌长辈很仪式一般地提议一起吃肉。母亲每次去参加酒席，到吃肉时，先拿筷子夹到碗里，摆在饭边上，用米饭素菜填饱肚子，碗里剩下两颗肉。同桌有人看见她碗里两颗肉没有吃，问她为什么不吃，她不好意思地夹起肉用嘴轻轻抿了一下说："唉，今天有点不舒服，见油荤有点反胃。"不顾人家见笑，从衣兜里摸出一块用旧布自制的，平时用来擦汗、擦口鼻的手帕，小心翼翼地将两颗油汪汪的肉包裹起来，塞进衣兜。吃完酒席，母亲十分兴高采烈地走在回家路上，她一手伸进放肉的兜里，握着那团肉，还常常身不由己地轻轻哼上几句山歌。快到家的时候，听她站在我家门前不远处的山坡高处，对着村里高声大气地喊："贵卯、爱华（我哥和我的小名），回来啰！"每当这时，我们便如战士听到号令般从村里的小河边、伙伴堆里，甚至去放牛的路上，撒腿往回冲。我们知道母亲带好吃的回来了。母亲见我们气喘吁吁地跑回来，一边叫我们慢点，一边笑着抚一下我们的头，随后慢慢把手伸进兜里，如掏宝贝似的摸出那团用手帕包好的肉，再小心翼翼打开，然后用右手拇指和中指轻轻捻起，用左手护着，慢慢送进我们如小鸟般张着的嘴里。母亲每次带回的肉已凉，有时白白的肥肉外还冻结着一层霜花般的猪油，但对于几个月吃不上一口肉的我们来说，那一口嚼下去的肉香和它带着母亲体温的那股温暖，是世间任何美味都无法媲拟的，它深深地储存在我的味蕾深处，让我永生难忘。

1985年，我和同村伙伴带着收来的一些药材和一袋菜花蛇，第一次走出大山，闯荡省城贵阳，去看外面的世界，看能否找点事做或做点小本生意，不料身上仅有的50元钱，在火车上被小偷偷得一干二净，所幸在花溪林场找到一同乡收留我们，让我们帮林场厨房烧火烧水，不仅解决了吃住，每月还有5元工钱。两个月后，我们总算挣够路费回家。但没料到，我一回家便遭到脾气火爆的父亲一阵追打，几天没敢进屋。

这时，正好开始征兵，我告诉母亲，我想去考兵。母亲将我的想法告诉父亲，遭到父亲一顿臭骂："当什么兵，附近村里有几个去当兵，还不是去往铜仁过，转来进铜仁（铜仁是家乡所属的地区地名，意思是，去是什么样子，回来还是什么样子），有的回来还地也不会种了，说话还撇腔（家乡话也不会说了）。"

尽管父亲反对，但等他去学校教书住校后，母亲却竭力鼓励我去试一试，并催我抓紧去公社报名，免得过了时限。那年，部队正开展大裁军，征兵名额很少，一个公社就一个名额，要考上兵也非易事。母亲见不少参加考兵的家长四处找关系，争相请乡干部吃饭喝酒。淳朴的母亲实在想不出什么办法，赶场天从家里背上10斤黄豆，到场上卖了后，递给我两元钱："幺，你想当兵，这两元钱你拿去请人家管事的吃顿少（音）午（家乡赶场天，见亲戚或贵人，请客人吃一碗面或一杯酒的意思）。"但由于钱太少，加之我内心胆怯，怕人家不给面子，我在场上看见武装部的同志，跟着人家屁股追来追去，一天也没敢开口。

然而，上帝垂青，原本不抱任何希望的我，竟然从公社近200名报考者中，做梦般地成了唯一名额的幸运儿。

到部队后，我时刻把母亲"去了就好好干"的嘱托记在心上，遵规守纪，勤学奋进，认真学习写作技巧，积极撰写新闻报道，成绩突出，不到几年被部队破格从士兵提干，又几经辗转调进了驻扎于省城的部队机关，并在这个城市结婚安家。

生活好了，我几次把父母接到部队，想尽力陪陪他们。每逢节假日和工作之余，只要有一点时间，我就想方设法带父母去周边公园玩。见我如此孝顺，他们内心虽然也很高兴，但私下又十分焦急，总怕耽误了我的工作，影响了我的前程。于是每次玩不到半月，便要匆匆回家。而每次回家前一夜，母亲都要拉着我，反复告诫我，要感谢部队的培养，好好工作，千万不能出错。

有一年，因生活琐事，我与分管领导发生纷争，导致工作处处被动，我一时谋生退意，决定转业。母亲知道后，又是托人写信，又是打电话再三告诫我，没有部队就没有我的今天，要懂得知恩知报，不能因为一点小事就打退堂鼓，不是部队叫走，绝对不要脱了军装……

万万没想到，2011年，在我工作处于顺畅，生活逐渐归于平静和安定，本以为假以时日便可以好好陪陪母亲，尽尽儿子孝心之时，却遭遇了子欲孝而亲不待的悲哀。母亲因病匆匆地离开了我们。她没有等到儿子多陪她多走一走，多吃几顿像样的饭菜，多穿几件儿子为她购买的衣裳，她甚至连去世都没有太多麻烦儿孙。从突发脑梗不会说话，不到一百天就去世了。

生病期间，我回去看她，她虽然已不会说话，但当我无助地有意在她面前讲笑话逗她开心时，她竟然意外地发出了几声清脆的"咯咯"笑声，这几声"咯咯"的笑声虽然是母亲与我们的最后语言交流，却让我感到无比安慰。因为我从母亲留给这个世界的最后几声"咯咯"笑声中，欣慰地看到了她留给我们几个子女的，是她难得的快乐的影子。我想她是有意以这几声"咯咯"笑声作为与我们子女的告别，好让我们今后怀念她时，忘记她一生的辛劳和心酸。

母亲走了六年，六年来，我常常在心中用很多词语来描述母亲，用土地、月亮、星空、港湾等一些说不尽的词来比喻母亲，也用像温暖、善良、勤劳、贤惠、坚韧等许多具有抽象意义的词去表述她的一生。然而这众多词语却怎么也无力将心里的母亲还原。母亲是一本书，是一本用辛劳、泪水和血墨写就的大书。

这书是有灵魂和温度的……

作品鉴赏

每看到有关"母亲"的文章或有关"母亲"的文字，我的心就会激动。因为我深深懂得是母亲繁衍了世间万物，是母亲抚育了生命，是母亲把大自然一代一代延续。

军旅作家周其常《母亲》一文通过回忆母亲生前的琐细小事，叙述了母亲在作者成长过程中点点滴滴的爱和付出，以及母亲去世后作者对母亲无尽的思念，向人们展现了人性中最淳朴又最闪亮的母子情深，讴歌了母爱的平凡和伟大。

从结构上看，《母亲》按时间顺序写来，撷取生活中的一些小事分别叙述，作者回顾了母亲艰难的一生、母亲病危时作者的感受等几个小节，并用一根红线把这些看似无关的小事连在一起，那就是母爱的润物无声和母子的情深似海。

可以说，《母亲》讲述的没有惊天动地的大事，与我们每日的经历别无二致，但正是在这日常生活的琐细中浸润着深厚的母子之爱。在为我讨偏方治脓疮中，在母亲外出吃酒为我们带回的坨坨肉中，字里行间饱含着温馨而细腻的感情。"游子"的每一次外出都牵动着母亲的心，为了生活，母亲无法把儿子留在身边，但她不能阻止自己去想念心爱的儿子。儿子是母亲手里

周其常散文选讲

的风筝，母亲对儿子的每一次放飞都会让母亲的心滴血。

语言精致优美，文章在娓娓道来中，使读者如面其人，如临其境，表现出一个儿子对拥有如此美丽母亲的自豪感。在听到母亲病危的消息后，作者写道："生病期间，我回去看她，她虽然已不会说话，但当我无助地有意在她面前讲笑话逗她开心时，她竟然意外地发出了几声清脆的'咯咯'笑声，这几声'咯咯'的笑声虽然是母亲与我们的最后语言交流，却让我感到无比安慰。因为我从母亲留给这个世界的最后几声'咯咯'笑声中，欣慰地看到了她留给我们几个子女的，是她难得的快乐的影子。我想她是有意以这几声'咯咯'笑声作为与我们子女的告别，好让我们今后怀念她时，忘记她一生的辛劳和心酸。"

文章语言形象而唯美，让人捕捉到人性中最柔软的那部分情感，我们甚至能触摸到作者颤动的心弦。"母亲在她平凡的人生中显出了人们公认的伟大。我为能有这样的母亲感到自豪与骄傲，然而母亲却过早地走了，很遗憾我的哭声和泪水未能把母亲留住，我只能默默地念叨：母亲走好，您的儿子会用文字把您永远记在心中……"

《母亲》问世后，受到了文学爱好者的喜欢，它的确是值得反复品读的上乘之作。我们在欣赏《母亲》的同时，心灵得到了净化，情感得到了升华。

影视文学作品 选讲

作家简介

　　朱云鹏，男，京剧老生。江苏扬州人，生于上海。京剧老生朱云鹏先生
1940年随姐夫黄宝岩练功，由刘长林、姚渔村启蒙教授老生、红生戏，1944
年搭班于上海天蟾舞台。后得朱家夔教授余派艺术。1946年到北京，经程砚
秋先生举荐到尚小云先生的荣春社搭班学艺，而且对尚先生行了进班的弟
子礼，与尚长麟、张云溪等同台演出。1948年师从宋继亭等学习余派老生，
同年秋拜在杨宝森门下。1949年，在上海、山东、天津等地与黄桂秋、李玉
茹、李蔷华等合作演出。常演一些文武老生及红声戏，并兼学京剧导演，曾
参加山东省第一届戏曲编导人员讲习会。在山东省第二届戏曲观摩大会中，
主演《文昭关》，获演员二等奖。1958年调入贵州省京剧团任主演兼编导。
改编、导演过《李陵碑》，并主演杨继业。1960年调入贵州省黔剧团任编
导，后又为浙江省京剧团导演过现代戏《孙中山》。他文武兼长，擅长剧目
有《古城会》《赵氏孤儿》及全部《伍子胥》等。

选讲作品

奢香夫人

（电影剧本）

焰焰大火充满画面。

彝族男青年鼓手兴奋地敲着芒鼓。

一排彝族青年鼓手兴奋地敲着芒鼓。

一排彝族女娃子弹着月琴。

一排彝族男青年边吹芦笙边跳着。

欢快的人群。

跳舞女孩子欢笑的脸。

姑娘轻巧的舞步。

姑娘优美的舞姿。

急速旋转的舞裙渐渐遮住了镜头。

华盖伞下，诺苏主穆蔼翠喜气洋洋地坐着。

副帅查雅望着查克龙："幕魁，彩船怎么还不来？"

查克龙望了下日照的山影："快到了。"

查克龙、查雅朝远处望着，忽然发现了什么？

远处金湖边隐约出现一队人马。

云泽力向远处瞭望，查雅进画："是不是汉人乘机来攻村寨？"

查克龙手一挥："停。"鼓乐声戛然而止。

八个卫士娃子"唰"的一声抽出了腰刀。

妇女们惊恐地看着。

蔼翠看。

裑帅云泽力下令："放号箭。"

欲发的弓箭。蔼翠："慢。"箭停住。

蔼翠："云泽力裑帅，去看看他们是些什么人。"

云泽力："是，主穆。"转身出画。

远处奔来一骑人马，云泽力背进画，看。

云泽力返回："贵州布政使杨大人和水东宋主穆的夫人刘淑珠贺喜来了！"

蔼翠兴奋地："噢，贵客到！"说罢率众走向前去。

杨文渊、刘淑珠下马施礼。

杨文渊："恭喜蔼翠主穆。"

蔼翠还礼："谢杨大人！"刘淑珠："蔼翠主穆，恭喜啦！"蔼翠还礼："谢夫人！"

刘淑珠："蔼翠主穆。今日是双喜临门啦！"转看杨文渊："杨大人是来传旨的。"

蔼翠对杨文渊施彝礼："请大人传谕！"

杨文渊打开圣旨："圣谕，晋水西主穆蔼翠为贵州三品宣慰使，世代承袭。钦此。"

蔼翠接旨。

蔼翠："谢明大主洪武皇帝的恩典！"

云泽力捧出两搏酒杯过来。

蔼翠："杨大人、宋夫人，一路辛苦，请饮杯米酒。"

云泽力捧酒到杨、刘面前，跪下献酒，杨、刘一饮而尽。

蔼翠："查雅！"

查雅："是！"

蔼翠："请杨大人、刘夫人上座。"

查雅："请！"

杨文渊、刘淑珠出画。

一娃子："古蔺奢王送亲彩船到。"蔼翠转回身朝远处看去。

查克龙挥手："吹打！"

远处湖面上，送亲彩船徐徐驶来。

长号齐鸣。

地炮隆隆。

彩船上长号齐鸣。芒鼓咚咚，新娘端坐在船舱中。

岸上跳舞的姑娘、娃子跳得更欢了。

彩船徐徐靠近铺着红毡的码头，在送亲的头人和仆从的簇拥下，奢竹扶着新娘走来。

送亲队伍过来。奢竹好奇地看着。

热闹非凡的迎亲场面。

奢竹对新娘耳语："姑妈。好热闹！……唷。新姑父好威风啊！"

新娘情不自禁地、悄悄地撩起面巾一角，一双水汪汪的大眼朝外窥望。

热闹的迎亲场面，喜气洋洋的蔼翠。

奢香含情脉脉的大眼。

奢竹："姑妈！"奢香急忙拉下面巾。

奢香、奢竹继续走来。

摇动的铜铃，毕摩一手摇铃，一手举着松枝。念念有词："诸位天神，今当诺苏主穆迎亲大典，祀望保佑，万事安顺。"

蔼翠、奢香走近香案，互施彝礼，毕摩走近新郎新娘把水洒在新郎新娘头上。

119

蔼翠向前一步一举手欲揭新娘的头巾，新娘自己抢先将面巾扯下。

蔼翠惊。

毕摩瞪目。

查克龙、查雅结舌。

新娘含情地看着新郎。

蔼翠不知所措，转而谅解地笑了。

供桌上的羊头。

新娘新郎互施彝礼。云泽力跪下，献上一幅画轴，奢香不解地用目光寻问蔼翠。

蔼翠："这是我水西的地形图，献给你，是我诺苏四十八部对你的信任。"

奢香深情地看了蔼翠一眼后，欣然接图。

众娃子："向耐德致意……"

奢香朝声音方向看去。

四十八部旌旗招展。

蔼翠、奢香并肩走向火堆。

透过松火看到两位新人更加美丽动人。

八个娃子从两边将竹筒的米醋泼在松火上，白烟腾起，充满画面的火。

拿着醋罐的娃子从两边涌向火堆，倒入火堆，顿时冒起阵阵白烟。

片名：奢香夫人

编剧：朱云鹏、陈献玉、汪远

导演：陈献玉

摄影：周平

美工：骆德灏、李毓琪

作曲：徐景新、陈新光

录音：张成华

剪辑：高文临

化装：顾丽雅、辛玲

服装设计：聂姚娣　服装：郭昭霞

道具设计：李如森　道具：李如松

编辑：朱家桢

副导演：邹善莹、周顺定、梁汉森

副摄影：韩伯祥

技术指导：刘国治

照明：胡平、宋光辉

置景：陶梦菊、王自明

指挥：陈传熙

演奏：上影乐团

艺术顾问：李光惠

民族历史顾问：王静如

剧本顾问：俞百巍

制片主任：朱幼虹、吴培贤

奢香：胡尔西德·吐而地（维吾尔族）

奢香童年：和爱秋（纳西族）

朱元璋：达奇（回族）

查克龙：于敏

马晔：李少雄（蒙古族）

奢竹：王春丽

杨文渊：郗雷

云泽力：王正伟

查雅：梁汉生

蔼翠：韩韬

眨巴：古波古波（彝族）

阿罗芝：阎秋生

默妮：茹萍

马皇后：徐涵娟

顾成：张亨利

胜将：张学浩

安的：丁洪

十年后

奢香、奢竹带领四个随从奔上山坡，勒马俯视山下。

奢竹："姑妈，今年的旱情又不轻啊！"

奢香紧锁双眉感慨地："是啊，来水西十年了，真是灾情不断啊！"

121

奢竹："真叫人发愁，要是姑父还活着就好了。"

奢香："百姓快揭不开锅了，可布政使还急着要粮，驾！"说完愤然一鞭，朝山下奔去。

奢香、奢竹、四个丫头骑马朝山下奔去。

默妮在溪边汲水，然后背起水桶走。（出画）

背着水桶的默妮朝山路走去。

查克龙的管家眨巴骑着马，带着挥叉举弓的家童在庄稼地里追逐。

一只硕大白猴子仓皇地逃窜着。

眨巴带着家童横驰在庄稼地里（摇）成片的庄稼随风卷于地。

猴子穿过画面。

奢香率众策马行来，远处传来吆喝声，奢香看去。

猴子扑向山道。从奢香的坐骑下逃窜而去。

奢香怒视。

眨巴带着家童，横驰在庄稼地里。

奢竹拉弓放箭。

眨巴的坐骑中箭，眨巴一个倒栽从马上摔下。

眨巴连忙爬起，抬头寻望。

盛怒的奢香，逼视着眨巴。

眨巴吓得趴下。捣蒜似的磕起头来："小人该死，小人该死……"

奢香跨下马，走近眨巴，指着被踏坏的庄稼："你看看。"

眨巴："小人知罪。"

奢香指着路口的一块石碑："这上面刻的是什么，你念念。"

石碑上用彝、汉文字刻凿："禁止牛马践踏禾苗。"

眨巴只顾磕头："查克龙穆魁命我来捉猴子的。"

奢竹背进画。朝眨巴狠抽一鞭："夫人命你念碑文。"

默妮焦急地望着。

眨巴叩头哀求："主穆饶我一条狗命吧！"

奢香猛抽眨巴："快念。"默妮突然扑进画，护住眨巴。

默妮拖住眨巴。含着泪水："主穆，打我吧，阿爸不识字。"

奢香长叹一声，神色黯然。

水桶倒在地上。溪水流入干枯的土地。

奢竹扶起眨巴父女。

奢香："回去告诉查克龙幕魁，以后不许再犯禁条。"

眨巴、默妮感激地点了点头："是，主穆。"

眨巴、默妮目送着奢香一行骑马向山路走去。

眨巴、默妮遥望远去的奢香，默妮的大眼里泛出感激的泪花。

查克龙的家厅。

条案上放着一支羽箭，箭杆上刻有"奢"字。

眨巴："主穆说。不许再犯禁条！"

查雅："是奢香说的？"

眨巴："小人不敢扯谎。"

一只手抓起羽箭，查雅狠狠地将羽箭折断扔在地上，转对眨巴："你没有对那个小寡婆讲，这龙箐坡是幕魁查克龙的天下。"

眨巴跪在地上："小人不敢讲。"

查雅狠狠地揪住眨巴的衣领："你连这个也不敢讲，还配当幕魁的管家。"

眨巴战战兢兢地："查雅头人，是我们不该踩坏了庄稼。"

查雅对准眨巴打了一记耳光："你竟敢替奢香讲话。"将眨巴猛推倒地，抽出腰刀："我宰了你这个吃里爬外的东西！"

查克龙："查雅。"

查雅回身恭敬地："幕魁。"

查克龙坐在水塘边抽烟："奢香主穆明令保护庄稼是对的。"

查克龙闭目过足烟瘾，将烟袋推给丫头，从太师椅上站起来。

查克龙走向眨巴："是我命你捉猴子的。你是替我受罚了。"

查克龙："你受苦了，赏你两斗苞谷背回家去吧。"

眨巴感激万分："谢谢幕魁。"急忙起身退了出去。

厅外传来急促的马蹄声。查克龙、查雅一齐朝外看去。

云泽力从厅外经过前院直冲进来："幕魁，汉人官兵抓去了我们两个人。"

查克龙："什么，抓了我们的人？"

云泽力："主穆请你严防村寨。"查雅进画："主穆呢？"云泽力："主穆带着奢竹到贵阳要人去了。"

查克力意外地："怎么，主穆亲自到贵阳去？"

云泽力："还要请马都目转呈大明皇帝减免赋税。"

查克龙十分不满地冷笑："嘿。"

围棋盘上方，一只举棋不定的手，朱元璋身着便服，正与一位老臣对弈，边上站着四个文武大臣。

大臣甲："蔼翠已死，水西又逢干旱，民心凋困；此时正是出兵扫荡蛮夷的最好时机。"

朱元璋正欲在"星位"点放棋子……

大臣乙："圣上。"……

朱元璋抬头。

大臣乙继续说："老臣拙愚，我军刚克幽燕，亟待休整。"

朱元璋犹豫地将棋子收回……

大臣乙："若马不停蹄，锋芒南向，正犯兵家强弩临末之忌。"

一武将奏道："马晔在贵阳屯兵数万，征服水西，不费吹灰之力。"

兵部侍郎杨文渊急奏："水西奢香，力主扶明，从无过错；倘若出兵，水西易攻；但失天下民心，乃不仁不义之举啊！"

朱元璋不高兴地把棋子掷回棋罐中，"内侍把贵州都司马晔的奏章再念一遍"。

太监跪下抖开黄缎奏章。

朱元璋不动声色地听着……

太监："臣马晔启奏圣上，贵州宣慰使奢香无故拖欠皇粮，几经催促，拒不交纳，目无朝廷，乞请圣裁。"

朱元璋听罢，手敲棋罐，眼望杨文渊……

杨文渊："奢香拖欠粮赋，乃灾荒所致，臣以为……"

朱元璋霍地站了起来，众臣慌忙跪下。朱元璋思索着走来走去，杨文渊上前跪下苦谏："水西是通往川、滇的要道，多加安抚，乃安定南疆的上策。"

朱元璋沉思后断然地对太监说："传旨马晔，免！"

贵阳城郊校场。

马晔激动地一摆手："杀。"校场上战鼓声急起。

一战将骑马奔来。

另一将从对面奔来，二马相交。

二战将的刀、矛相拼。

二战将拨转马头。

刀、矛相架。

二战将相拼杀。

一将向另一将挑去。

二将返身再战。

另一将向一将扑来。

二战将返身再战。

一将已招架不住。

二将继续拼杀。

一将把另一将挑下马。

兵士的欢呼声大作。

点将台上的马晔满意地连连点头。

胜将抱拳拱手，二军士与胜将斟酒，胜将一饮而尽，掷了酒碗，傲然四顾……

一员战将飞驰而来。

战鼓再起。

胜将迎上，二将在马上艰苦相拼，扭成一团，胜将把来将的枪挑起。

长枪挑向空中。

败将伏马而逃。

兵士们欢呼声大作，马晔在点将台上已按捺不住。高呼："备马！"他斜脱披风，跳下点将台。

马晔跳上战马。

马晔与胜将二马相拼。

二人在马上拼杀。

马晔向胜将扑去。

贯注的士兵。

马晔直扑胜将。

胜将已招架不住。

胜将被马晔架上马背。

马晔拉着马背上的胜将。

胜将爬下马背。

士兵们的欢呼声大作。

得意扬扬的马晔放声大笑。

校场上的旌旗招展。

马晔下马，走向胜将，把对方的头盔扶正。

胜将羞愧地："马将军，你……"

马晔放声大笑："书生笔端墨，武将可靠马上功啊！"说完。拉着对方走向点将台。

二人走上台将台。一军士端上酒碗。胜将端酒给马晔："凭马都司的威风。若奉圣命北征，功勋绝不在徐达元帅之下。"

一句话勾起了马晔的心思，他收敛了笑容，吩咐左右："回府！"

贵阳。

贵阳城楼外，马晔率众将奔马进城楼。

马晔带众将领穿过城楼，迎面奔来。

都司府花厅。

马晔走进花厅，一侍卫迎上接过马晔的披风。

马晔走向大厅中的太师椅反身坐下，一丫头献茶后退下。

顾成："大人。"

顾成进画："大人，二个蛮夷已经抓来了。"

马晔赞赏地点点头："好！看着，他们定来要人。"

一校尉："大人。"

透过马晔背影。见一校尉报告："水西奢香夫人求见。"

马晔："现在何处？"

校卫："衙门外等候。"

马晔有点意外地："哦。"

顾成凑近马晔，马晔低声说："把那两个人放了。"转身对校尉："大堂相见！"

都司府大堂。

奢香、奢竹大步进堂。

奢香行彝礼："马大人，奢香有礼。"

马晔以鼻代声："免！"顾成："宣慰使请坐。"奢香走（出画）。

奢香走向椅子。

奢香坐下，对奢竹："奢竹，见过马大人！"

奢竹上前："马大人！"把盒子放在桌上打开。

马晔、顾成往前一探身。

满盒子的辣椒、老豆腐。

马晔、顾成相互对视了一下。

奢香："马大人，这是水西百姓赠给最尊贵客人的礼物。"

马晔："我向你要的可不是什么辣椒和豆腐。"

奢香："马大人，我正为粮赋之事而来的。"

马晔："那好，粮赋带来了吗？"

奢香从椅子上站起。走到公案前："马大人，水西连年遭灾，百姓饥困，连盐都快吃不上了，恳请大人申报朝廷，减免粮赋。"

马晔："奉布政司令，限你半月内交清皇粮，违者严惩不贷。"

奢香："请布政司和马大人体察水西民情，如不管百姓死活，那会有负圣恩的。"

马晔："你是说本都司和布政司不察民情，有负圣恩啰！"

奢香耐不住，冲口而出："大人是不察民情……"马晔朝奢竹看去。

奢竹："……逼交皇粮，无故捉人，夫人就是来要人的。"

马晔（背）："放肆！"转对奢香，"谁捉了你们的人？"

奢香进画："你的部下，昨天无故捉了我两个修路的山民，请大人放还。"

马晔大怒："岂有此理，原来你们是来寻衅闹事的。"一手将提盒推下地。

辣椒与豆腐撒满堂前。

奢竹："马晔，你太不讲道理，怪不得百姓骂你是活阎王。"

马晔暴跳如雷："来人啊！"

四校尉涌进，奢香屹立不动。

马晔拍案大叫："大胆奢香抗交皇粮，诬陷封疆大臣，给我拿下！"

二校尉上前，奢香怒，猛回头……

奢香怒视校尉："谁敢！"

奢香："马晔，我乃朝廷三品命官司，未犯国法，你胆敢胡来。"

马晔哈哈大笑："哈哈你这蛮妇不知道我是什么人吧！"当今皇后娘娘就是我的姑妈，我今天就要你尝尝我阎王辣不辣？拉下去，脱去衣衫，重抽四十皮鞭！"

校尉上前架住奢香，奢香怒："马晔，你目无皇上，目无国法。你……"

127

奢竹："马阎王！"

奢竹大怒，将提盒向马晔扔去。

马晔接过提盒。

二校尉架住奢竹。

马晔扔下提盒，怒喝："拉下去！"

校卫将奢香、奢竹拖出堂去。

院内木柱上吊着奢香，凶神般的衙役猛抽奢香。

奢香愤怒的脸。

打手凶狠地抽打着奢香。

脊背上暴起一道又一道血痕。

被架在府门上的奢竹，丫头在哭喊："姑妈……主穆……"

打手凶狠地挥着皮鞭。

奢香颤动的上身。

奢香愤怒的眼睛。

被链子锁住的手挣扎着。

奢香愤怒的脸。

奢香眼中模糊的石狮子。

府门外的奢竹，丫头凄惨地哭喊着。

奢香被打昏过去。

打手扔下了手中的鞭子。

二个衙役走下台阶，朝奢香走来。

伤痕累累的奢香被拖出门外。

奢竹捧着奢香的外衣。哭喊着扑过来："姑妈……主穆……"

昏过去的奢香渐渐地苏醒了过来。强忍着悲愤与疼痛坚强地颤巍巍地站了起来。

奢竹与丫头们怒不可遏，猛转身冲向府衙，用大刀砍去。转身："走！"冲下台阶，抬头看。

飘扬在空中的大明龙旗。

奢竹拔出短刀。

奢竹怒视的眼睛。

短刀向空中飞去。

龙旗被击中，飘下。

龙旗飘落在地。

怒视的奢香猛抽一鞭，飞马奔去。

奢香的马蹄踏过龙旗飞驰而去。

奢香一行飞奔在山路上，急速的马蹄。

奢香愤怒的眼睛。

急驰的马蹄。

奢香愤怒的脸。

急驰的马蹄。

奢香愤怒的眼睛。

急驰的马蹄。

奢香、奢竹一行奔进山道上。

都司府花厅。

顾成从门外进来拿着被踏的龙旗走近马晔："大人，奢香砍下龙旗，盛怒而去，恐怕……"

马晔看了一眼脏破的龙旗冷笑："哼！好！奢香此去必反无疑。"

马晔回头对顾成说："你快快修车，飞报朝廷。请发兵！"

顾成凑近马晔："是！"

顾成奉承地："将军一举荡平水西，一统黔中……"

马晔喜滋滋地听着。

马晔："……肯定要晋爵封侯了。"

马晔压住内心的欢喜，催促："快去！"

九重衙殿前，十面紧敲着芒鼓。

高坡上，娃子兵吹起逼人的号角。

山坡上，提着刀枪的娃子兵鱼贯而过。

一队娃子兵骑马越过水流。

举着火把的娃子兵成群结队涌向九重衙殿。

满山遍野的火炬在奔流。

从山上涌下几队举着火把的娃子兵。

愤怒的娃子举着火把奔过。

满山遍野的火流。

又一群娃子骑着马，举着火把朝九重衙殿奔来。

九重衙殿前站满了密密麻麻的娃子兵。

九重衙殿前廊檐下。

高大的火把闪着红光，映照着木墩上昂然不动的奢香。

一家童跑上台阶报道："桐木寨率部赶到！"

奢香木然不动。火光在奢香的脸上闪动。

又一家童跑上台阶报道："凤凰山兵马赶到。"

奢香仍木然不动，奢香慢慢抬眼凝视火柱上的烈火。

熊熊烈火。

奢香木然凝视着火柱。

查克龙："主穆。"奢香闻声回头。

查克龙、云泽力站在台阶上。

查克龙："四十八部兵马都到了狮子山前，各部头目要见夫人！"

云泽力忧虑地望着奢香。

奢香收回目光，慢慢地站起。

都司府大堂。

马晔站在虎皮椅前，全副武装的将校站在堂前。

马晔杀气腾腾地："此次出兵水西，必须一举全歼蛮夷，立功者赏，退却者斩。"

众将领齐声："是！"

顾成："将军！"

顾成走近马晔，慢慢地："钦差大人杨文渊驾到。"

九重衙殿，奢香威严地坐在殿中，狮子山前："报仇！报仇！"的声音此起彼伏。查克龙上前："主穆！"

查克龙："主穆，兵贵神速……"

奢香转头。

查克龙："……快取权杖吧。"

奢竹："姑妈，四十八部兵马齐声呐喊，杀过陆广河为主穆报仇。快取权杖发兵吧！"奢香双目圆睁，猛地站了起来。

云泽力："主穆……"奢香转头看。

云泽力："发……发兵容易，收兵难哪！"

奢香暗暗一怔，又缓缓地坐了下去。

查克龙恼怒地盯着云泽力："疠帅，我水西山高林密，人人善战，家家有刀。你怕什么？"

云泽力由衷且恳切地："幕魁，一旦烽火点起，水西将会如何呢？"

奢香紧锁双眉沉思着……慢慢地站了起来，拖着沉重的步子走向殿中……

查克龙跟向前："主穆，马晔打在你身上，羞落在诺苏人的脸上，不报此仇，子孙后代也抬不起头来。"

奢香被触动……

查雅从殿中急奔而进："主穆，四十八部头领齐声发誓，不报此仇，不回山寨，主穆，赶快举杖发兵吧？"

奢香铿锵有力地："取权杖！"

九重殿正门前。

雄壮的鼓步声响彻云霄，殿门慢慢拉开。奢香手举权杖庄严而神圣地走出殿门，身后跟着诺苏文武官员，向狮子山方向走去。

狮子山山林中。

四十八部兵马齐声高呼："杀过陆广河，为诺苏报仇……"

奢香望着四十八部，激动地举起权杖。

举着腰刀、长枪的娃子高呼："杀过陆广河。"

四十八部齐呼："杀过陆广河……"

奢香举着权杖激动地走向前。

四十八部高呼："杀过陆广河……"

奢香激动地举着权杖。

骑马的娃子高呼："报仇……报仇……"

奢香举着权杖激动地望着四十八部，查克龙上前恭敬地："主穆，请上祭坛。"

奢香转身朝祭坛走去。

奢香及诺苏文武官员向祭坛走去。

刘淑珠带着四个娃子飞马穿过山道，朝四十八部奔来。

奢香一行走向祭坛。

奢香一行走近祭坛，远处传来马蹄声，奢香回头，刘淑珠飞马赶到奢香前，一把夺去权杖。

影视文学作品选讲

刘淑珠掉转马头。

娃子们惊愕。

查克龙、查雅愤恨。

奢竹惊奇，云泽力欣慰。

刘淑珠下马，走向奢香："奢香妹妹，这权杖易举不易落啊！"

奢香听不进去，怒气未消地转过头去。

查雅十分不满地："我家主穆蒙受奇耻大辱，你知道吗？"

刘淑珠看了一眼查雅，回头对奢香："知道，水西连年干旱，再要打仗，又会死多少人哪！"

奢香怒目而视。

刘淑珠反问："你举杖发兵是反大明王朝，还是反马晔一人？"

查雅一旁吼道："就是要把汉人斩尽杀绝，管他是谁？"

查雅的话引起了奢香的震动。

刘淑珠望着奢香："妹妹，你也是这样想的吗？"

奢香沉默，思索着来回走动，刘淑珠进画："两军交战……"

刘淑珠真诚地："……双方都有死亡，妹妹，恕我直言。"

刘淑珠拉着奢香的手，继续说："我们做头……"

刘淑珠："……要想着百姓，可不能只想到个人的恩怨哪！"

奢香有所触动。

云泽力："主穆……"奢香回头。

云泽力进画，由衷且恳切地："刘主穆说得有理，发兵的事从长计议吧！"

查克龙："那依刘主穆……"

查克龙压住心中的不满："……之见该怎么办？就此算了？"

刘淑珠果断地："写奏章，告马晔。"

奢竹走近刘淑珠，不满地："如果皇帝偏袒马阎王呢？"

刘淑珠："那时再起兵不迟，水西起兵。我水东必定响应！"

奢香猛转身对刘："你说的话当真吗？"

查克龙："好！"

查克龙大声地："设祭坛。"走近刘淑珠，"最卑下的人说话常常反悔，最尊贵的人说话驷马难追。刘主穆，你敢起誓吗？"

刘淑珠郑重地："起誓！"

"唰"的一刀，一只公鸡头被斩掉，云泽力将鸡血滴在酒碗中，端起酒碗，走上祭坛。

滴入鸡血的酒碗。

奢香拿起匕首刺入手腕，鲜血滴入酒碗。

刘淑珠拿起匕首刺进手腕，鲜血滴入酒碗。

刘淑珠端起酒碗，对天盟誓："尊贵的额勺大神。如若大明皇帝不能明断公事。我刘淑珠立誓和奢香主穆一起发兵反明，天地为证！"说完，将血酒一饮而尽。

奢香激动地望着刘淑珠，也将血酒一饮而尽。

乌云滚滚。

奢香寝殿。

奢香在灯下奋笔疾书，奏章写完。

奢香心声："马晔之事，务请圣上明鉴，臣贵州三品宣慰使奢香叩请大明洪武皇帝圣上。"

奢香离开案桌，边踱边思索。心声："大明皇帝会惩治马晔吗？"奢香踱步到窗口，窗外，细雨淅淅；奢香回身走到窗口，停住，朝里一看。

熟睡的安的。

奢香从窗口走向寝殿来到床前，坐下，给安的盖好被子。

安的熟睡的脸。

奢香深情地凝望着安的，悲从心起。

奢香：（心声）"宝贝，你知道妈的委屈吗？你能分担阿妈的忧愁吗？"一阵心酸，眼泪夺眶而出。

一滴晶莹的泪珠落在安的脸上，奢香拿起手绢，轻轻地擦去安的脸上的泪水。

透过雨帘纱窗，看见奢香悲切的身影。

雄伟的黄果树飞瀑一泻而下。

一辆明朝廷钦差大臣的马车，沿着山路行进着，刘淑珠尾随在后。

马车来到山道口，突然滚下一排木头，挡住马车。

马夫急忙勒住缰绳，车轮停。

刘淑珠对山崖上招呼："我是陪钦差大人来见奢香主穆的。"说完催马出画。

133

刘淑珠走向山崖。

山崖，云泽力站在弓弩手中间："刘主穆……"行完彝礼。"……我家主穆有令，在大明皇帝惩治马晔之前，汉人一律不准入境。"

刘淑珠为难地："难道就这么让钦差大臣回去吗？"

云泽力："我奉命守关，请你去和我家主穆说吧。"

刘淑珠回到山道上，下马，对杨文渊歉意地："杨大人，请稍等，我先去看看。"

杨文渊解下身上阿昌宝剑，交给刘淑珠："把这个带去……"

刘淑珠不懈地望着。

杨文渊微笑地："……交给奢香夫人自然明白。"

刘淑珠接下宝剑。

峭壁旁被卡住的小奢香惊恐地呼叫着："阿妈……阿妈……"

杨文渊带领部下路过，听见哭声，下马。攀下悬崖救起小奢香。

雪山下，营帐前，奢王带领小奢香向杨文渊跪谢。

奢王虔诚献上宝剑。

杨文渊接过宝剑，宝剑特写。

奢香手中的宝剑。

奢香感慨地："想不到二十年后，恩公传旨来到水西……"

刘淑珠："既是恩公，妹妹怎不迎见？"

奢香正，刘淑珠背。

奢香："杨大人虽是我的救命恩人，但在大明皇帝了结水西冤情之前，九重衙殿不奉汉人。"

刘淑珠还想劝说……

奢香打断了刘淑珠的话，果断地："让他回去！"

马车的车轮调转头。

马车远去。

钦差大人的马车缓慢离开水西，云泽力策马而来，下马："钦差大人，我家主穆请你稍等。"

杨文渊拉开车帘，伸出头来，朝山崖看去。

山道上奢香带领四名丫头行进着。

杨文渊连忙下车迎上。

杨文渊朝奢香走来，奢香（背）迎上。

杨文渊停步施礼："奢香夫人，别来无恙。"

奢香还礼："杨大人，二十年前，恩公救奢香一命，今献薄礼聊表奢香一片心意。"说完示意丫头捧上礼品。

杨文渊一惊。

鹿茸、织锦等珍贵礼品。

杨文渊急忙推辞："杨某奉圣上差遣，传旨免税，岂敢受此厚赠。"

奢香面露不悦："是嫌礼轻呢，还是看不起我诺苏人？"

杨文渊只好从命："那杨某愧受了！"说完示意侍从接过礼品。

奢香从云泽力手中接过宝剑，转对杨文渊："这是父王献给恩公的，还给恩公。"说完跪下。杨文渊接过宝剑，奢香站起，大声说："送杨大人出境！"杨文渊一拱手，返身离开。

杨文渊的马车沿着山路远去。

深山密林中。

树丛中、石头后露出一张张弓搭箭的娃子兵。

杨文渊的马车继续行进密林。

密集的娃子兵窜入山林。

愤怒的娃子兵。

张弓、搭箭的娃子兵。

杨文渊的马车行进密林，突然从四周丛林中窜出手持武器的娃子兵。

娃子兵逼近马车。

杨文渊的护卫将士拔出大刀。

杨文渊命令卫士："不许妄动。"

查雅带着几十个武装的娃子冲近。

查雅挑衅地："杨大人，查克龙幕魁有请！"

杨文渊警觉地问："什么事？"

查雅逼近一步："有要事相商。"

杨文渊见此情此景："好！"跨下马车，跟随查雅往丛林走去。

一护卫校尉另有心思地看着杨文渊离去。

山洞里，杨文渊被吊在树上，一娃子用皮鞭狠命地抽打杨文渊。

杨文渊渗满汗珠的面孔。

影视文学作品选讲

娃子的鞭子不停地落在杨文渊身上，查雅在一旁看着。

查雅凶狠地："你们汉人打了我家主穆四十皮鞭。现在也要打你这个钦差大人四十皮鞭。"随即喝道："打！狠狠地打！"

奢香："住手！"

奢香、云泽力及几个女娃进洞口。

查雅急忙躬身："主穆。"

奢香怒问："谁让你这么做的？"

查雅尴尬地："查……查克龙幕魁……是为了替主穆出气。"

奢香恼怒地盯着查雅："哼！"

云泽力背着杨文渊一步步地走上山崖。

伏在云泽力背上的杨文渊慢慢地睁开了眼睛，挣扎着下来。

奢香："恩公。"

奢香从丫头手中接过杨文渊的帽子交给杨文渊。

奢香："恩公，你受苦了！"

杨文渊语意深长地："我倒无妨，夫人，你要多加小心。"

奢香领悟地点点头。

杨文渊转身去，又折回来，由衷且恳切地："我是汉人，你是诺苏人。我们都是大明中华人！"说完转身离去。

奢香思索地望着远去的杨文渊。

陆广河畔。马晔在阵地上架起了大炮，炮口对准水西、水东。马晔的部下在阵地上推炮。

马晔的部下在阵地上架炮。

马晔带着将领来到炮位前，督看布防设施。

远处传来马蹄声。马晔朝远处看去。

一校尉骑马飞奔而来。下马走近马晔，报告："马将军，钦差大臣已回贵阳。"

马晔："嗯！"

校尉走近马晔低声耳语："马将军，钦差大臣在水西……"

马晔打断校尉的话："不要说了，回府！"

都司府花厅。

马晔、杨文渊并排坐在太师椅上。

马晔举起茶杯："请！"

杨文渊端起茶杯："请！"

马晔话中带话地："杨大人深入蛮地，一定受到隆重款待了吧！"

杨文渊："款待在次，下官先弄清了真情实况。"

马晔："噢！那奢香反叛朝廷之事，想必大人亲眼所见了吧？！"

杨文渊："这是你马大人裸打奢香之故，大人应当撤去陆广河上的兵马，亲往水西，抚慰奢香，以平民愤。"

马晔冷笑说："哼！我乃朝廷封疆大吏，这样做，要把大明朝廷置于何地？"

杨文渊："安抚奢香是万岁亲定的南疆决策，不这么做，又把大明朝廷……"

杨文渊："……置于何地呢？"

马晔语塞："杨大人，你是来传旨免赋的未免……"

杨文渊："如此下官只得回朝面奏万岁，告辞。"说罢，愤然而去。

马晔看着杨文渊走出大厅后，走到大厅中央。

马晔冷笑："面奏万岁，哈……"随即收敛起笑容："顾检军！"

顾成："在！"进画。走近马晔，"将军！"

马晔："速将杨文渊勾结水西之事，写成奏章，快马送往南京！"

顾成："是！"

驿史的马飞驰在古道上。赶过杨文渊的马车。

身北黄色包袱的驿史在古道上疾驰。

马晔："臣马晔奏洪武圣上明鉴，贵州宣慰使奢香无故诬陷朝廷，践踏杏黄龙旗，纠集四十八部土司，阴谋反明，乞请圣裁。"

查克龙府门口。

查雅跨下马，急忙奔进府厅。

查雅奔进内厅急忙向查克龙禀告："人家乌蒙都……"

"哦！你来啦？"查克龙打断查雅，吩咐恭立在一旁的眨巴："眨巴，给查雅信帅备马。"

眨巴应声："是！"

查雅欲讲，被查克龙制止，二人走向内厅，查克龙急问："乌蒙头领怎么讲？"

137

查雅："只要水东、水西起兵反明，乌蒙乌撒立即发兵，一起围攻贵阳城。"

查克龙："好！"说完走向油灯。

查雅紧跟上："人家问我们何时发兵？"

查克龙沉默了一下："这要看奢香了。"

查雅："这小寡婆要是不动手呢？"

查克龙冷笑："你放心……"

查克龙："……不要多久，贵阳城就会血战一场。"

奢竹、云泽力从花园过来，行至奢竹卧室前。

云泽力："主穆的病好了吗？"

奢竹："病是好了，可心事更重了！"

云泽力："唉！主穆不光是为了马晔的事，我看幕魁和查雅就是她的一块心病。"

奢竹微微点头，返身向卧室走去，推门，回头朝云泽力含情地一瞥，云泽力随进。

奢竹、云泽力走进，奢竹拿过酒杯端给云泽力。

云泽力："安的呢？"

奢竹不好意思地："我叫他自己去玩啦。"

奢竹递过酒壶，云泽力握住奢竹的手，奢竹顺势倒在云泽力怀中。

奢香从花园过来，走近奢竹门，听到屋内笑声，停步静听。

云泽力："主穆知道我们的事吗？"

奢竹："早就知道了，主穆可喜欢你了……"

奢香听了微微一笑，轻步向外走去。

九重衙殿偏室。

安的跪在地上，闭着眼，口中喃喃地数着："421，422，423，424……"奢香走进偏室，发现安的，急问："安的，你在做什么？"

安的回头。见是妈妈。连忙从地上爬起。扑进妈妈怀中。

安的抱着妈妈的脖子说："竹姐说。要我数到一千才陪我玩儿。"

奢香会意地一笑。

安的搂着妈妈的脖子恳求："阿妈陪我玩……"

奢香紧紧地抱住儿子。哀伤地："阿妈陪你玩儿，阿妈……"

京城仪凤门外。

杨文渊只身走进仪凤门。

一锦衣卫官员带领八个锦衣卫兵士朝杨文渊走去。

锦衣杀气腾腾地走近杨文渊。

杨文渊走上台阶，惊疑地停步。

锦衣卫官员生硬地："杨大人，圣上有旨。"

杨文渊跪下。

锦衣卫官员："摘去乌纱，带走！"

杨文渊一怔，两个锦衣卫（背）进画，摘去杨文渊的乌纱，杨文渊挣扎。

杨文渊惊问："什么罪名？"

锦衣卫官员凶狠地："勾结蛮夷，图谋反叛，押走！"

杨文渊被押走。

九重衙殿外。

查克龙一行引着全身披挂的刘淑珠奔进九重衙殿。

刘淑珠奔进九重衙殿，朝奢香跪下："刘淑珠遵守誓言，尽起水东兵马，听候主穆调遣。"

奢香急忙离座，走向刘淑珠："姐姐。怎么回事？"

刘淑珠："马阎王恶人先告状，诬陷杨大人勾结水西谋反，明大主偏听一面之词。"

奢香："哼！"

奢香猛回头，震怒："那杨大人呢？"

刘淑珠："杨大人为我诺苏力辩，被诬陷是受了妹妹的贿赂，已被打入天牢，即将斩首。"

奢香被激怒："有什么证据？"

刘淑珠："妹妹送的礼品已成赃物。"

奢香激动地："那是我谢救命恩人的。"

刘淑珠："陆广河对岸，马晔已架起火炮，炮口都对准我水东水西。"

查雅上前："主穆，仇上加仇，先杀过陆广河去。"

奢香盛怒的目光巡视着土司们。

查克龙："朱皇帝早存杀机，连汉官杨大人都不放过，不能再忍了。"

奢香转脸看云泽力。

云泽力愤然地："真没想到大明皇帝会是这样。"

九重衙殿内议论纷纷。

奢竹："姑妈！发兵吧！"

土司："主穆，发兵吧！"

云泽力："主穆，快发兵吧！"

查雅："主穆。杀过陆广河去。"

土司："请快下令吧！"

查克龙："点烟墩。"

奢香矛盾重重，耳际不停地响起查克龙"点烟墩！"的话，突然她猛抬头，决断地："慢！不许发兵。"

众人："什么？"

奢香："若起兵反明，恩公必死于刀斧之下……"

刘淑珠进画："不起兵，杨大人性命难保。"

奢香："……不，不起兵恩公尚有一线生机。"

查克龙："主穆……"

奢香回头。

查克龙走近奢香，冷笑着说："难道我们坐等他们来宰割吗？"

奢香极度矛盾，在殿中来回地走着，思索着……

土司们焦急地看着奢香。

云泽力期待地望着奢香。

奢香在殿中走着，走近殿门处猛然回身。

奢香正色说："我亲自到南京去，面奏朝廷。"

查雅大吃一惊："什么？"

奢竹焦急地："不能去送死。"

云泽力焦急地："万万去不得，主穆若有差错，水西就群龙无首了。"

一土司焦急地："汉人反复无常，不能去！"

另一土司焦急地："此去凶多吉少……"

奢香用目光寻找着刘淑珠。刘淑珠思索了一下："妹妹，我陪你一起去。"

奢香感激地点了点头，又把目光转向另一边。

查克龙："主穆……"奢香转头。

查克龙："这是主穆的英明决断，应当去！"

奢竹焦急地："万一主穆遇难，谁来坐镇殿衙？"

查克龙紧接说："按诺苏族规，应该安的坐镇衙殿。"

奢香："不！"

奢香果断地："让奢竹坐镇衙殿。"

奢竹吃惊地："我……"

奢香胸有成竹地："我已决定把奢竹嫁给安的。"说完目光威严地掠过众人："这正是按照族规办事。"

查克龙懵然。

奢竹又惊又羞："不，安的还是个孩子呢！"

两个土司不解地互相询问。

云泽力吃惊地痛苦着。

奢香朝奢竹走来："竹儿……"

奢竹大哭："不！我不愿意……"捂着脸冲出门外。

奢香沉重地走到云泽力面前："云泽力袼帅，我委屈你了！"

云泽力含着泪水说："以诺苏为重……"

奢香坚毅地转身走出大门。

奢香走下衙殿台阶。

奢香从庭院走过来，走近奢竹门，推门。

奢香推门进来，走近奢竹床："竹儿，我让你为难了！"

奢竹抬起泪眼："姑妈……"又伏下伤心地哭了起来。

奢香慢慢地坐下："你是懂得的，没有亲人辅佐，安的怎能坐镇衙殿？这家业就会落在……"

奢竹抬起头，边哭边说："姑妈，别说了，竹儿我明白了……"

奢香惨然地："竹儿，这样，我即便魂归西海也瞑目了，谢谢竹儿，请受我一拜。"奢香跪下。奢竹急忙跪倒在地，二人抱头痛哭。

查克龙偏房内。

查龙克、查雅对着人嘴壶喜滋滋地吸着酒。

查雅："幕魁，我看这小寡婆是有去无回。"

查克龙阴险地："哼！那我就再给她加一把火，查雅，你马上到乌蒙去叫他们准备发兵。"

查雅急问："什么为号？"

141

查克龙："以点龙箐山上的烟墩为号。"

查雅疑虑地："要是奢竹不让点呢？"查克龙站起狠狠地："我会让她点的！"

朝霞。

奢香、刘淑珠、四个丫头一行路过云关，去往南京。

查克龙："阿罗芝，主穆在京城受难啦！"

阿罗芝："啊……"

奢香一行奔跑在山途中。

阿罗芝："不好啦……主穆在京城受难啦……"

阿罗芝奔到九重衙殿前跨下马，冲向台阶："不好啦……"

奢香一行已到南京。

查克龙偏房。

眨巴抓住阿罗芝衣领："你听谁说主穆被害？"

阿罗芝被问到惊慌失措。

眨巴气愤地："这样真会害了主穆，二军交战，血流成河，你成了千古罪人。"说完生气地推了阿罗芝一把，阿罗芝倒地。

阿罗芝吓得发抖，战战兢兢地从地上爬起来："是……是查克龙幕魁说的……"说完他突然发现了……一惊。

查克龙突然出现在门口。

眨巴、阿罗芝急忙跪下苦求："仁慈的幕魁。饶了阿罗芝吧！"

查克龙拔出腰刀逼近阿罗芝，眨巴扑上去拖住查克龙腿："快逃吧！"阿罗芝逃出门，查克龙大怒，朝眨巴刺去："你去向奢竹告密吧！"眨巴中刺倒地，鲜血涌出。

九重衙殿内。

奢竹坐镇，文武土司站立两旁。

一土司愤慨地："主穆不听忠言，遭此毒手。"

另一土司："应该马上发兵，杀尽汉人！"

奢竹愤恨交加，思绪万千，她把目光转向云泽力。

云泽力上前一步："主穆被害，是否确实？"

查克龙针锋相对："人人皆知，还会有假？"

云泽力反问："那报信的人呢？"

查克龙逼视云泽力，把脸一沉："云泽力，你难道连我也不相信吗？"

查雅怒吼："云泽力……"

查雅拔出短刀，走到云泽力面前："你身为祃帅。明知主穆被害。还要阻拦发兵，分明别有用心！"

云泽力也拔出刀："是谁别有用心？如果主穆还活着，我们一发兵。她就要被杀！"

查雅怒视云泽力。

云泽力怒视查雅。

奢竹大喝："谁敢放肆！"回头对云泽力："派人再到贵阳探听确实。"说完又转向查克龙："速传四十八部，准备打仗！"

皇宫御花园。

一只纤细的手在琵琶上弹奏，朱元璋和马皇后在后宫赏月，八个宫女撑宫灯、宫扇站立在后。

夜空中的冷月。

宫女在弹奏古典乐曲，朱元璋、马皇后听着乐曲。

朱元璋："太凄凉了……"

马皇后体贴地："那就让她弹一曲'凤阳花鼓'吧。"朱元璋微微点头。

宫女弹奏"凤阳花鼓"。

朱元璋、马皇后微笑地听着小曲、打着节拍。

宫灯、月亮在水中的倒影。

龙案上的月饼、水果。

宫女的脸庞。

一太监急上跪奏："启奏万岁……"

太监："……贵州都司马晔呈上十万火急奏章。"

朱元璋："念！"

太监跪奏："臣马晔急奏陛下，水西奢香勾结乌撒、芒部蛮夷……"

朱元璋面带怒色地听着。

太监："……强渡陆广河。正向贵阳进兵。"

朱元璋盛怒："传旨兵部调遣云南沐英所部五万增兵马晔，速平叛乱。"

太监："遵旨。"另一太监急急跪奏："启奏万岁！"

另一太监："……贵州宣慰使奢香、刘淑珠求见！"

143

朱元璋一怔，猛站起。马皇后急阻止："陛下！"

马皇后和蔼地："陛下，好猎手不打笼中之虎，弄清原委，处置不迟。"

朱元璋思索之后，果断地："传见！"

朱元璋坐在龙椅上。

奢香、刘淑珠（背）跪："臣贵州宣慰使、（同知）奢香、刘淑珠叩拜圣上万岁！"

朱元璋："平身。"

奢香、刘淑珠："谢万岁！"

朱元璋："你二人到京师来做什么？"

奢香："向圣上申诉冤情！"

朱元璋："冤情？朕有什么亏待你们的地方吗？"

奢香："圣上待臣，恩比龙箐山还重！"

朱元璋："朕既待你不薄，为何要聚众谋反呢？"

奢香："是马晔逼的。"

朱元璋："嗯！怎可诿过于人，推在马晔身上。"

奢香："非是臣下诿过于人，是圣上不明真情。"

朱元璋面带怒色地冷笑："哼！"转身太监："拿上来！"

二太监捧着鹿茸、绸缎上。

朱元璋："这可是你送给杨文渊的？"

奢香："是臣下送给杨大人的。"

被踏污的杏黄龙旗。

朱元璋："这可是你践踏的？"

奢香："是臣下的马踏的。"

朱元璋怒问："你可曾召令四十八部谋反？"

奢香："是的！"

朱元璋大怒："大胆奢香，营私行贿，反叛朝廷，按照大明国法当……"

刘淑珠急奏："圣上开恩……"

刘淑珠跪奏："求……圣上开恩。"

奢香上前一步，跪下。

奢香跪奏："圣上判事不明，臣不服。"

刘淑珠着急地转对奢香："妹妹，不可如此冒犯皇上。"

奢香坦然地："姐姐，我来时就未指望着活着回去，只求姐姐将我的尸体带回水西，我要以死申辩！"

朱元璋怒极，将玉带一捋，大笑："哈……，孤念蔼翠生前对朕忠心。让你的尸首带回水西，送刑部，看押！"二禁卫官上前架住奢香走，奢香突然放声大笑："哈……"

刘淑珠一怔。

大臣们一怔。

奢香大笑："哈……"

文臣们怔住。

奢香笑，朱元璋被奢香的笑声震住，诧异地问："笑什么？"

奢香："我笑万民之尊的大明皇帝，竟听不得一个小小诺苏女子的讲话。"

朱元璋："讲！"

二禁卫松开奢香，奢香挺身向前跪下："谢万岁，杨文渊是臣下的救命恩人，送点薄礼，不能算是行贿；臣下召集四十八部意欲谋反，乃是马晔所逼，马晔他无故裸打奢香四十皮鞭。使诺苏人受到奇耻大辱……"

朱元璋不动声色地听着。

奢香跪奏："……臣以为，目无王法，蓄意逼反的是马晔，应当治罪的更是马晔。"

奢香慢慢地站起，解开衣衫……

文臣们不解地看着。

朱元璋不解地望着奢香。

奢香继续脱下衣衫，朝外跪下。

奢香含着泪水说："请圣上验伤！"

刘淑珠："奢香所奏，句句属实，请圣上明察。"

朱元璋从龙椅上站起，走向奢香（移）看。

奢香背上伤痕累累。

朱元璋抬起头，龙眉微蹙。

马晔阵地上。

"轰……"铁炮开火。

三门铁炮开火。

一大排铁炮朝对面猛烈开火。

145

阵地上硝烟滚滚。

马晔对一将领说："准备好，只要对面烟墩一点，就杀过河去。"

将军："怎么对面还不点烟墩！"

马晔："开炮，逼他点！"

"轰轰……"铁炮开火。

一大排铁炮开火。

炮口对准对岸，对岸村庄冒起阵阵白烟。

铁炮开火。

一大排铁炮开火。

奢竹举着权杖激烈地思考着，查克龙大声责问："马晔已向水西开炮，诺苏人真要束手待毙吗？你辜负了主穆的嘱托……"

奢竹一咬牙："烟墩点火。"

云泽力上前阻止："奢竹夫人……"

奢竹果断地："不要说了，点火。"

烟墩。

一彝族娃子举着火把走向烟墩。默妮在后面追："阿哥，不要点烟墩……"

默妮拖着彝族娃子哭着说："点了烟墩就要打仗，死的都是诺苏人和汉人兄弟哪！"

查雅从后面追上来："快点……"

默妮抓住娃子："阿哥！千万不能点。……不能点……"

查雅凶狠地："快点。"

默妮闻声急回头。

默妮盯着查雅。

查雅发现是默妮，凶狠地抽出刀逼近默妮，阿罗芝冲进画。

查雅、阿罗芝相互逼近。

查雅、阿罗芝格斗。

二刀相架。

阿罗芝盯着查雅。

查雅盯着阿罗芝。

查雅一刀刺进阿罗芝腹部，鲜血直涌，阿罗芝倒下。

阿罗芝倒地，默妮哭叫着扑进画："阿罗芝……"

查雅凶狠地走近，突然背上中箭。

查雅背被箭击中，倒地。

山头上，云泽力收住弓，向烟墩走去。

皇宫偏殿。

朱元璋在龙榻上休息，马皇后坐在一旁，忧愁地："马晔真的作出那种事了吗？"

马皇后背，朱元璋正。

马皇后："按大明的刑律……"

朱元璋无限惆怅地："娘子多年征战，如今只剩下马晔这一个侄儿。我……"说着慢慢地坐起。

马皇后难过："还是以社稷为重吧！"

朱元璋："他跟随我南征北战，屡建战功，如今却落得……"说完无奈地躺下。

马皇后："陛下，不杀马晔，难平水西民愤啊！"朱元璋坐起。

马皇后："奢香呢？"

朱元璋："我叫她回去了，真是一匹南疆的好马啊！"

九重衙殿。

奢竹、查克龙等文武土司焦急地望着烟墩方向。

忽然从殿外传来一片欢呼声："主穆回来啦！主穆回来啦！……"

奢竹先是一怔，转而喜出望外地："姑妈还在。"急忙走下台阶。

九重衙殿大门口。

衙殿顶，几个娃子热烈地敲着铜鼓。

九重衙殿门外，彝旗招展，明军整齐地排列着。

马晔被装在囚车内，杨文渊捧着圣旨走来。

奢香带领彝族土司排列在一旁，族旗招展，战马成队。

杨文渊走向奢香，打开圣旨："圣谕……"

奢香跪接。

杨文渊："赐贵州都指挥使马晔自刎正法，诏贵州宣慰使奢香验明正身，钦此。"

奢香接过圣旨，慢慢站起。

马晔从囚车上下来，走向奢香。

杨文渊回身："圣上赐马晔死。"抽出宝剑，朝马晔掷去。

宝剑。

奢香看了看宝剑。转脸朝马晔看去。

查克龙、云泽力、奢竹专注地看着。

马晔毫无畏惧地朝前走着。

将士们望着马晔。

马晔走近宝剑，抬头看。

湛蓝的天上飘着悠悠的白云。

马晔低头，抬起手看……猛地跪下，手伸向宝剑，突然被一只脚踩住。

宝剑。见奢香木然的脸。

马晔抬头看。

奢香木然的脸。

奢香蹲下，伸手拿宝剑，站起身走向杨文渊，单腿跪下。

奢香："臣叩请圣上，赦免马将军一死。"

杨文渊看了看奢香，又抬头朝远处看。

一将军急叫："大人……"

叫的将军跪下，众军士跪下。

马晔的将军跪下，众军士跪下。

马晔的脸上滴下两滴泪水。

杨文渊收回目光，低头看奢香。

奢香两只虔诚的眼睛。

杨文渊激动地点了点头："好！我一定代夫人启奏万岁。"

杨文渊接过宝剑，扶起奢香。

奢香转身，朝前看去，脸上露出欣慰的笑容。

蓝天下，彝族，明旗迎风招展。（终）

作品鉴赏

明洪武二十九年（1396），28岁的奢香病逝。明王朝遣使臣前往水西奢香故里祭奠，并加谥奢香为"大明顺德夫人"，赐予朝衣锦帛，按正三品规格礼葬。

奢香翘楚水西，蜚声华夏，彪炳千秋，是我国历史上的第一位彝族巾帼英雄。她为维护民族团结和祖国版图完整建立了丰功伟绩。

奢香（1368～1396年）女，彝族；彝名舍兹，生于四川古蔺，14岁嫁给贵州彝族默部水西（今大方）君长、贵州宣慰使蔼翠为妻，协助丈夫处理政务。其夫死时其子尚幼，她便代行夫职——摄贵州宣慰使。当时云南一带尚处于战乱动荡之中，还未完全归明王朝统一。

洪武十六年（1383年），明朝廷派驻贵州的封疆大吏——都指挥使马晔，执大汉族主义偏见，视奢香为"鬼方蛮女"，对其摄贵州宣慰使职政绩卓著，忌恨不满；好事贪功，企图以打击彝族各部首领为突破口，一举消灭贵州少数民族地方势力，"代以流官""郡县其地"，达到邀功朝廷，专横贵州之目的。因水西（鸭池河以西）奢香力量最强，他就把矛头对准奢香。是时，有人污蔑奢香，他就借机把奢香抓到贵阳，用彝族最忌讳的侮辱人格的手段"叱壮士裸香衣而笞其背"。以为如此激怒奢香，扩大事态，就可趁机出兵。奢香无辜受到辱挞，极为愤怒，折断所佩革带，发誓必报此仇！

此事引起黔西北、滇东北一带彝族首领的极大震怒。奢香所属四十八部彝族首领带兵"咸集香军门"示威，表示"愿死力助香反"。民族分裂战争一触即发。可奢香强压怒火，向各部首领分析了马晔逼反之诡计，讲明一旦战争打响，便会造成民族分裂，还可能影响祖国版图之完整。仗不能打，仇一定要报！说服众将领后，她便直抵京陵告御状。向朱元璋陈述水西守土之功，直言辩诬，痛斥马晔逼反之罪状。朱元璋知水西对于统一大西南之重要，召马晔回京问罪，安慰奢香。

奢香得胜回黔，按在朝廷之承诺修筑贵州驿道，沟通中原与西南，历史上著名的龙场九驿就直与云南联通。安抚百姓，发展经济，建设贵州。

奢香的丰功伟绩，早在《明史》《明实录》《贵州通志》《黔书》《大定府志》《大定县志》等诸多文献中均有记载。民国时期，革命英杰王若飞的舅父、贵阳达德中学校长、著名人士黄齐生老先生写成话剧《奢香》在达德中学公演。

中华人民共和国成立后，贵州文艺界的俞百巍、朱云鹏创作了黔剧《奢香夫人》搬上舞台，上京演出后，又到西北、西南巡演。80年代后，又由浙江电影制片厂改为同名电影搬上银幕。奢香功绩彪炳史册，光耀千古。

2011年11月10日至23日，由贵州省委宣传部、八一电影制片厂、毕节地委、行署等单位联合出品；贵州著名作家欧阳黔森编剧，著名导演陈健执导；宁静、吕良伟、王思懿等两岸三地实力派明星出演的28集大型历史电视连续剧在央视一套黄金时段热播，好评如潮。

2016年8月，由贵州省文联副主席、贵州省作家协会主席欧阳黔森创作的长篇历史小说《奢香夫人》出版发行。

《奢香夫人》是一部最为成功的纯贵州元素的电影作品，给予了毕节乃至贵州发掘贵州文化、树立贵州形象的信心，是贵州推动多民族文化大发展大繁荣的一部精品力作，也是毕节大力推进试验区文化大发展的一个崭新跨越。

题材新颖独特，意义重大。奢香夫人是彝族历史上最著名的女政治家，一生致力于维护边疆稳定，传播先进文化，为维护民族团结作出了突出贡献。《奢香夫人》将奢香传奇的一生搬上荧屏，讲述了奢香替夫执政，忍辱负重，顾全大局，平定西南局势，安抚民心，开辟龙场九驿，打通西南与中原的经济文化交流通道，兴汉学，促成民族团结和谐的故事；重现了以奢香夫人为代表的彝族领袖审时度势，顺应历史潮流，以民族团结为重，最终为中华民族的统一与团结作出了重大贡献这段历史。

奢香是维护民族团结、促进民族融合的优秀代表。《奢香夫人》表达和传播了祖国统一、民族团结、以人为本的价值观，昭示了民族团结、和谐发展的时代精神，具有较强的现实意义。

采用现实主义手法再现历史和人物。编剧将有据可查的历史事件与现实生活的真实相结合，通过一个个镜头，讲述了600多年前发生的故事。剧情时间跨越几十年，绝大部分角色有史可考，重要历史事件无一遗漏，"大事不虚、小事不拘"，堪称一部彝族女政治家的宏大史诗和一幅民族团结的历史画卷。

这部画卷精彩纷呈，跌宕起伏。人物命运的冲突随着故事情节的演绎层层展开，编剧以娴熟的手法给观众制造了一个个悬念，奢香夫人的睿智在化解一个个矛盾中展现出来，显示出不输男子的谋略和气概。丈夫蔼翠去世，儿子安的年幼，危难之中，奢香显出英雄本色，沉着冷静，雄韬伟略，以高超的智慧、过人的胆识平息内乱纷争，转危为安；面对朝廷派来贵州封疆大吏马晔把她捆起来裸笞其背的奇耻大辱，奢香以大局为重，心存大义，反对分裂，消除战乱，维护了民族团结和国家统一。奢香高瞻远瞩，修筑龙场九驿，开通了贵州达云南、四川、湖南及中原的交通要道，加强了西南与外界在政治、经济、文化等方面的联系，增进了汉民族与西南各少数民族之间的交流，促进了贵州经济的发展和社会的进步。编剧运用现实主义手法，再现了彝族女英雄奢香在元末明初社会动荡，民族矛盾尖锐的典型环境中的典型形象。

人物命运跌宕起伏，引人入胜。以奢香为主线，在讲述奢香传奇一生的同时，将她身边人物（辅线）的故事演绎得精彩纷呈，众多人物的坎坷命运及爱恨情仇都交错凸显，编剧环环相扣地把民族之间、部落之间、家族之间、亲人之间错综复杂的关系一一展现，紧张激烈的戏剧冲突与委婉细腻的情感纠葛使剧本张力十足，极具观赏性。

再现奢香故里自然景观和浓郁的彝族风情。《奢香夫人》从风景到民俗、从服饰到礼仪都能给人一种独特的视听享受。首先，拍摄地选择奢香故里毕节大方，古驿道就是600年前奢香开辟的龙场九驿，让人亲临其境，真实再现。其次，精美而多彩的彝族服饰亮丽耀眼，展现了彝族的审美及文化。

影视文学作品选讲